中坚代
ZHONG JIAN DAI

# 电影与自行车

时代出版传媒股份有限公司
安徽文艺出版社

李 亚 ◎著

李亚,安徽亳州谯城人。著有中短篇小说多部,出版中短篇小说集《幸福的万花球》等两部,长篇小说《流芳记》《花好月圆》等四部,获过《十月》文学奖、《小说月报》百花奖、《中国作家》鄂尔多斯文学奖、"鲁彦周文学奖"、"全军文艺新作品奖"一等奖等。

中坚代
ZHONG JIAN DAI

# 电影与自行车

DIANYING YU ZIXINGCHE

李 亚 ◎著

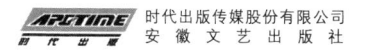

时代出版传媒股份有限公司
安徽文艺出版社

## 图书在版编目（ＣＩＰ）数据

电影与自行车/李亚著.—合肥：安徽文艺出版社，2020.6
（中坚代书系）
ISBN 978-7-5396-6703-4

Ⅰ．①电… Ⅱ．①李… Ⅲ．①中篇小说－小说集－中国－当代 Ⅳ．①I247.5

中国版本图书馆CIP数据核字(2019)第138669号

| | | | |
|---|---|---|---|
| 出 版 人：段晓静 | | 丛书策划：朱寒冬 | |
| 责任编辑：张妍妍　宋晓津 | | 装帧设计：张诚鑫 | |

出版发行：时代出版传媒股份有限公司　www.press-mart.com
　　　　　安徽文艺出版社　　www.awpub.com
地　　址：合肥市翡翠路1118号　邮政编码：230071
营 销 部：(0551)63533889
印　　制：安徽新华印刷股份有限公司　(0551)65859551

开本：880×1230　1/32　印张：7.625　字数：150千字
版次：2020年6月第1版　2020年6月第1次印刷
定价：36.00元(精装)

(如发现印装质量问题，影响阅读，请与出版社联系调换)
版权所有，侵权必究

# 目　录

电影 / 001

武人列传 / 073

自行车 / 160

# 电影

## 放映员·电影场

从前,我们亳州市还叫亳县,我们涡河镇还叫涡河公社。公社里有个电影队,电影队有两个放映员,一个叫张杰出,一个叫曹如意,两个人都是二十三四岁。张杰出是公社文化站站长的儿子,曹如意是公社供销社主任的儿子。张杰出留了两撇浓黑浓黑的小胡子,手脖子上一块闪银光的手表,惹人眼光的是他的表带子,我们所见不多的手表都是铁皮链子,他的是黑色牛皮的。白手脖子黑表带,一看就让人很神往。因此,张杰出可以坐在人当场里放电影。曹如意不仅脸黑,而且身材也敦敦实实的,看样子有把力气,平时在打麦场里放电影,他都是蹲在场边照看发电机,好几回我从电影场里出来撒尿,还以为是个石磙在那儿呢。那时候条件还比较落后,放映机和发电机还有大喇叭、银幕等一些放映器材,都放在一辆架子车上,通常都由曹如意拉着,张杰出则骑着一辆崭新的永久牌自行车跟在后边,两人就这样意气风发地挨村放电影。

那时候,张杰出和曹如意很有名,比公社书记杨大头还受群众欢迎,而且还是全公社大姑娘的偶像,她们常常把张、曹当成理想的对象,老是说:"就是找不到张杰出那样的,找个曹如意那样的也算烧高香了。"

我们这些十三四岁的鸟孩子都是电影迷,对张杰出和曹如意的崇拜更是没法形容。每天下午,只要在乡村公路上看见他们的影子,不管距离多远,我们都会一阵风似的飞跑过去,簇拥着他们,问在哪庄放电影,放什么电影。曹如意每次都会笑嘻嘻地告诉我们,张杰出则探着头坏笑着问我们:"你们谁的姐姐长得漂亮?"我们这些乡村鸟孩子虽然都是吃红芋片儿面长大的,肉体比较粗鄙,但脑瓜儿还是挺机灵的,基本上能听出张杰出说的不是好话。于是,我们就停下步子,等他们走远了,我们就一起狂呼乱喊:"张杰出,张杰出,你姐是头老母猪!老公猪爬上母猪背,一弓腰弄出一窝小白猪!"这时,张杰出就会恼羞成怒地掉转自行车,骂咧咧的,一口气追到我们村头。

到现在我也没弄明白,那时候在乡村放一场电影,怎么能搞得那么隆重,那紧张而热烈的劲头儿,比嫁闺女娶媳妇还厉害。公社一旦通知今天在哪个大队放电影,这个大队的几个头儿整整一天都会忙得脚板儿打屁股,又是安排赶集买酒割肉,又是吩咐捕鱼宰鸡,还要找个在方圆十里名声响当当的厨子,还得通知那几个在全大队出了名能喝会劝的酒囊饭袋做好准备,晚上好好伺候张杰出和曹如意。几个大队干部扯着嗓子咋咋呼呼,走马灯一样团团乱转,好像要招待老天爷一样。其实,张杰出和曹如意都不大喝酒,多数情况下都是一吃完饭就直奔电影场开始放电影,一大半酒肉都让那几个能喝会劝的喝了吃了,然后醉意十足高高兴兴地到电影场看电影。

一般情况下,张杰出和曹如意都是在夕阳西下时到达要放电影的村庄。他们到了之后,第一件事就是选场地。因为放一场电影是件不得了的大事,三村五里甚至十里八乡的人都来看,所以场地一定要宽敞,热天多在打麦场,冷天多在村当街。不管选在哪儿,都要埋两根柱子拉银幕,绑喇叭,扯电线,发动发电机,调试放映机。当然,这些活儿除了调试放映机之外,大都不需要张杰出亲自出马。曹如意摆弄发电机时,大人们围得里三层外三层,我们这些鸟孩子根本挤不进去,所以,我们都是跟在张杰出的屁股后边,看他神气活现地指挥几个心甘情愿的年轻猴埋柱子。爬柱子拴喇叭这项任务属于我们这些鸟孩子,竞争很激烈,常常由张杰出决定竞争方式,那就是摔跤。我们这些鸟孩子摔跤没有什么规矩,一般就是连踢带打,直到把对方打哭为止,张杰出才会把爬柱子拴喇叭的光荣任务交给胜利者。不过这项任务十分艰巨,而且不乏凶险,因为张杰出总是先把话筒线插好后才让你爬柱子,等你把十几斤重的喇叭吃力地提上去,费尽心血地拴好之后,你正抚摸着喇叭高兴呢,张杰出就会握着话筒猛地大喊一声:"有没有声音!"这声喊叫真够缺德的。有一次我经过一场血战抢到这个任务,被张杰出一声喊叫震得耳鸣好几天。

这些准备工作完成之后,张杰出和曹如意就会去大队干部家吃饭了,而我们这些鸟孩子则开始在银幕前的空地上划分地片,为自己家人占位子,常常为此打得头破血流,有时候还会因此引起大人们的争吵。现在想起来真是可笑得很。不过,当电影开始以后,所有的争执都烟消云散,大人孩子仍然亲密无间地挤在一起观看,银幕上画面斑驳,人影晃动,当片名一出,还会异口同声地抱怨:"×他娘,又是《地道战》!"

一点没错,那时候我们这帮鸟孩子晚上一跑就是八九里十几里,看的都是看过无数遍的老电影。有时候明知是看过的电影,但还是要跑十多里路去凑那份热闹。现在回想一下,那么多年看的电影总共加起来不会超过三十部,而且每一部都看了无数次。那些电影现在想来虽然还有些意思,但是每一次看电影时发生的故事却更有意思,这些我可以在后边慢慢说,眼下我先说说张杰出和曹如意后来的事。

张杰出后来比较惨。那次在杨集小学操场上放电影,放两部片子,一部是《奇袭白虎团》,一部是《三笑》,先放的是《奇袭白虎团》。张杰出凭借自己过硬的技术,把两盘片子接到一起,挂上放映机开始放映之后,他就不见了。没想到,《奇袭白虎团》的胶片老化了,接在一起的两盘片子放到一多半时突然断了,人们大声疾呼,到处找张杰出,最后在小学里一个教音乐的女老师办公室里找到了他。这个相貌堂堂的家伙被抓了个现行,当时社会环境哪里容得了这事?几个热血青年当场暴打他一顿,还专朝他裤裆里踢。后来,张杰出被判了六年。两年前我回老家,还见过他一次,在街上摆个鞋摊,在那儿给人家擦皮鞋,虽然不像当初放电影时那样意气风发,但仍然打扮得油头粉面,叼着一根过滤嘴香烟,龇着一嘴白牙跟人说笑。

有意思的是,张杰出的鞋摊右边就是曹如意的小卖部。

说起来,曹如意当年还红火过一阵子。张杰出被判刑之后,新放映员没来之前,曹如意又放电影又管发电机,两头忙。有一次发电机突然起火了,多少人都跑得远远的,曹如意一下就扑了上去,连胸脯带脖子被烧得跟剥皮兔子似的,最后县里还号召全县人民向曹如意学习。再后来,公社改成了乡政府,乡政府又改成了镇政府,农村经济情况有了改善,电视机普及了,电影不再稀罕,曹如意就失业了。正好他爹的供销社也取消了,于是,父子俩一合计,干脆长袍改小袄,在街上开了个小卖部。我那年回家,还特意在他那买了一条烟,不过他压根儿就不认得我,坐在柜台里边,大热的天穿一件高领无袖衫。

看到少年时代的这两个偶像如今这副样子,再想想当初我们无数次在公路上追赶他们的种种往事,我心里还有点不是滋味。但张杰出和曹如意他们的表情却十分安然,我在那儿站了半天,也没发现他们谁看谁一眼,谁给谁说一句话,那情景仿佛他们从来就不认识,仿佛从来就没有一起拉着电影机神气活现地下乡放电影。也许他们把那些往事都当成自己放映过的电影,再也没有兴味去观看一遍罢了。

## 朝阳沟·王桥集

我们这帮鸟孩子,都是有热茶不喝专喝凉水的货,而且都拜过锤匠,学过几套拳脚。我们那儿把拳师称为锤匠,如果是个老拳师,我们就叫他白了毛的老锤匠。比如我拜的那个老锤匠,都快八十岁了,基本上可以称为快伸腿儿的老锤匠。按说这么大岁数收我这么一个关门弟子,他开始应当教些武德什么的,但是他上来就说,练武学拳就是为了打架,要打赢架,得记住三点:一是打眼,二是打胆,三是打胶连。前边两点说的是眼光和胆量,这三打胶连外人不大懂,按照我师傅的说法,就是一个快字,要是打起来,你的拳脚要不离敌手之身,好似橡胶粘连在他身上。

我们这帮鸟孩子,最捣蛋的都有个专供大人们骂的外号:歪头胡志明,他本来叫作志明,但我们李庄的人都叫他胡志明。还有地老鼠铁勺、花狗腚大奇、狗腿子文胜、傻兔子墙根、胡汉三筋头、猪头小队长小春、黑驴圣三星,等等。交代一下,我们李庄的人虽然粗俗,但有些糙字眼还是不屑出口的,比如,驴和狗的雄性生殖器之类的,我们称为驴圣、狗圣。后来我在北京一所艺术学院读艺术史时才知道,古人早就将这类玩意儿称为圣了,并且将其画在墙上,或做成陶器、玉器之类,以代表人类进化的图腾或象征。当年读这些时,我就觉得我们李庄的人还是蛮有学问蛮古典的。除此之外,我们李庄的人说话还有许多规矩,比如,把未成年的男孩叫作鸟孩子,把男青年叫作年轻猴。经过很长时间我才明白,由鸟变成猴需要一个漫长的过程。

我们这帮鸟孩子叫我狗头军师,大人们也这么"尊称"我。也就是说,不管谁干了坏事,也不管我在不在场,但追究起来,归根到底总是我出的坏主意。那时候,我们李庄的人很少吃过白面蒸馍,整天吃些杂面饼子抹酱豆辣椒,长出的脑子非常固执,人们坚决地认为,不是我还有谁能想出这么个孬种点子?

这段话先撂这儿,等你看完了我讲的看电影的故事以后,你就会明白我一上来就说这么一段话不是白说的。

我们这帮鸟孩子都是电影迷。可以说,那时候在我们那一带，每个村庄都有一群像我们这样的电影迷。只要听说哪庄有电影，太阳一偏西，我们就带上一块凉馍开始出发，有时候一跑就是十几里路，到了地方太阳还有一树梢高，电影队还没有来呢，我们就坐在人家村头等着，一边吃凉馍一边猜测今天会放什么电影。

我们这些电影迷有时候还会被大人们戏耍一番。我们村的生产队队长叫李忠厚，是个复员军人，曾参加过抗美援朝，整天嘴里没一句实话，屁眼里夹不住一粒秕芝麻，动不动就给人讲他在朝鲜和美国鬼子如何拼刺刀，一看电影《上甘岭》，他就指着银幕上行军的志愿军队伍大叫："看，快看！那个扛机枪的就是我！"我们李庄没有一个人信他，大人们叫他"瞎话篓子"，小孩子叫他"烂腚眼子"。这个人经常在中午饭场里散布谣言，动不动就说哪庄有电影，说得有鼻子有眼，不由你不信。我们这些电影迷经常上他的当，等我们来回跑上十几里路找他质问时，他就会笑眯眯地挠着头，一本正经地说："我上午赶集碰到他庄的大队会计，又买肉又买酒的，说是招待张杰出和曹如意，还对我说今晚放的是打仗的片子，名字就叫《战斗英雄白跑路》！"于是，周围的大人们一阵哄堂大笑。此后很长一段时间内，一些大人见了我们，就要请我们看《战斗英雄白跑路》。

我们最喜欢看打仗的片子，什么《地道战》《地雷战》《南征北战》《战上海》《铁道游击队》《三进山城》《渡江侦察记》

《英雄虎胆》《打击侵略者》《黄桥决战》《延河战火》《董存瑞》等等，反正只要是打仗的，我们就高高兴兴老老实实地坐在那儿看。我们最不喜欢看唱戏的片子，什么《花木兰》《天仙配》《女驸马》《花枪缘》《李二嫂改嫁》《朝阳沟》《穆桂英挂帅》《梁山伯与祝英台》《抬花轿》《白奶奶醉酒》等等，我们一看就烦，就起哄，就挤出电影场后朝里边扔砖头瓦块。每当这时，大人们都恨不得把我们摁到尿罐里溺死方能解恨，因为大人们很喜欢看唱戏的片子。

其实，那时候我们那儿放的唱戏的片子也就上边说的那么些，其中最让大人们喜欢的当属《朝阳沟》。可以毫不夸张地说，那几年，这部片子我看了有一百遍，大人们看了二百遍都不止。在我们李庄，大人小孩没有不会哼几句《朝阳沟》的，尤其是头天晚上刚看过，第二天一见面，迎头就是一顿吼。见面就唱的多数都是浪娘们儿和年轻猴，唱的大都是银环的娘出场那一出。那一出戏还真好，银环的娘一出场的那走相，那眉目，就是一场爆笑。我们村里的几个浪娘们儿，就数大奇他娘李柴氏学得最像，不管在田间地头，还是在村头巷口，只要她一发浪，就要学银环的娘扭上几圈唱上一段。男爷们儿里爱唱的不多，唱得好的是铁勺他爷，六十多岁的人了，头长得像块砖头一样方方正正，整天刮得明晃晃的，村里大人小孩都叫他"四棱子电灯泡"。只要一看见李柴氏在那儿扭，这老头儿就把烟袋往腰里一别，模仿栓保教银环锄地，一弓腿拉个架势，高腔大喉咙地喊叫："花狗腔他娘，来来来，我教你锄地呀!"一边说，一边动作，一边唱，"你前腿弓，你后腿蹬，一下，两下，你把被子蹬了个大窟窿!"

当然，也不是哪个村放电影都要放《朝阳沟》，但只要王桥集放电影，基本上都要放这部电影。王桥集离我们村只有三里路，因为是个逢双的集，大队部又在集上，比较热闹，因此，王桥大队每次放电影都在王桥集放。王桥集一放电影，我们村基本上是倾巢出动，比白天赶集的人还多。

有一次，一看又是《朝阳沟》，我们这帮爱看打仗片子的鸟孩子就鬼鬼祟祟地出来，准备朝人群里扔砖头。没想到，一个年轻猴拿着半截棍朝我们冲过来，破口大骂，抢棍就打，当即就把小春的头打了个窟窿，血流满面。我们也是在电影场里打惯了的，哪里肯善罢甘休？顿时一声呼喊，扑上去抱住了那个小伙子。几个人的太平拳还没抡开呢，就有人把我们拉开了。这时我们才知道打人的年轻猴叫大瓶，有点神经病。他爹叫张蜂拥，是王桥大队代销店卖货的，我们都认识他。这场架算是没打起来，不过我们最后还是知道了大瓶打我们的原因，也知道了王桥集只要放电影就得放《朝阳沟》的缘故。

得先说张蜂拥，矮矮胖胖，长得好像个菜墩子，人很老实，因为在代销店卖东西，手里有几个钱，娶个媳妇很漂亮，高高大大白白胖胖，诨号"俄罗斯母马"，闻名于方圆五里。

不知谁的原因,两口子一直没生孩子,后来抱养了一个,就是这个拿半截棍打我们的年轻猴大瓶。

大瓶上学很厉害,拿我们那儿的话说,念书就像喝书似的。后来大瓶成了我们全公社第一个考上双沟高中的孩子,当时风传几十里,大人们都把大瓶当作教育自己孩子的楷模。大瓶上高中时,我们这帮鸟孩子还小,据我们村和大瓶一般大的年轻猴说,大瓶上高中时很神秘,也很高傲,星期天他从双沟高中回家,路过我们村西头的公路,骑着"飞鸽"牌自行车,穿着白球鞋,手脖子上戴一块闪闪发光的"上海"牌手表,风驰电掣,一晃而过。我们村的那些年轻猴爱滋事,经常在公路上拦截骑自行车的陌生人,但没人敢拦截大瓶,他们总是敬畏地站在路边,看着大瓶骑着自行车飒然而过,因为大人们都说大瓶马上就要上大学了,毕业后就在我们县当县长。

不过,后来大瓶不仅没考上大学,而且连高中也没上完,因为他在学校里和双沟区宣传部长的闺女谈上了恋爱。我们那儿把谈恋爱叫作拍屁股,也就是说,大瓶和区宣传部长的闺女拍上了屁股。那闺女小名叫金枝,我们李庄有些人见过,星期天时她坐在大瓶的自行车后边,朝王桥集飞去。大瓶和金枝拍屁股那会儿,《朝阳沟》在我们那儿正风靡一时。据说,他们还在王桥集东头的水闸上对唱过栓保和银环的唱腔,金枝还把唱词改了,说什么要在王桥集扎根干他一百年。

当然，这事儿最后黄汤了，金枝被她爹赶回城里去了，闪得大瓶也不上高中了，孤零零地回家害起了相思病，山盟海誓成了万把尖刀，最终把大瓶戳成了神经病。从此后，王桥集只要放电影，大瓶就要人家放《朝阳沟》，要不然他就上吊，弄得他爹张蜂拥没办法。那时候一场电影两部片子要收二十块钱，张蜂拥只好每次单掏十块钱，让人家给他家大瓶加上《朝阳沟》。

不过，后来《朝阳沟》的风头还是过去了。因为有了彩色的《花枪缘》《穆桂英挂帅》《白奶奶醉酒》《七品芝麻官》《梁山伯与祝英台》等更好看的戏剧电影，大家都不再留恋《朝阳沟》了。但是，王桥集的大瓶还在怀念《朝阳沟》，他时常在逢集的日子里攀上高高的水闸，面对赶集的人们大唱栓保那段唱腔。人少时，他就坐在水闸上抽烟，看见来了一群赶集的，他就站起来，摆个姿势，高声开唱：

"自从你写信要回家乡，俺全家都是为你忙。俺的爹他为你修房子，俺的娘她为你做衣裳。小妹妹听说你要回家去，她给你腾了一张床。你早上不来等晌午，晌午不来等后晌。今天等来明天盼，等你、盼你、想你、念你，谁知道你的心比那冰棍还凉！"

赶集的人们无不报以热烈的掌声。

有时候，大瓶的娘"俄罗斯母马"也在下边，手里端一碗水，拿几块饼干什么的。等大瓶一段唱完了，她就仰着脸叫：

"我的个大瓶儿啦,你下来吧,喝口茶再上去唱吧!"

赶集的人群大笑一阵子。

这时,大瓶又开始了他的第二段唱腔,高腔大喉咙,字正腔圆,声震屋瓦,让人听得耳朵里嗡嗡作响。

## 傻兔子·西瓜地里的枪声

在我们这帮鸟孩子电影迷中,就数傻兔子墙根看的电影最多。墙根只比我们大两岁,个子却比我们高一头还多,在没加入我们团体之前,他一直跟着那些十八九岁的年轻猴玩。跟年轻猴在一起时,墙根基本上是个听差的角色,大孩子们想吃什么了,就往草沟里一躺下,嘴角朝他一努,墙根立刻心领神会,一溜烟地跑到西瓜地里抱回一个大西瓜来。后来他得罪了年轻猴里的头儿小攮子桂良,人家就不再要他了。

桂良在我们那一带有点小名声,经常穿一件蓝色运动服,袖子和裤腿上都有两条白道子,老是穿一双蓝色回力鞋,跟他舅学过几年武术,整天腰后边别一把半尺长的小攮子,把柄上扎着的半拃长的一片红布在屁股上飘来飘去,就像红公鸡尾巴似的。有一次他跟人家打架,一攮子下去,把人家的胃都给划烂了,淌出来一把没消化的黄豆,撒了一地,吓得桂良跑到黑龙江一年多才敢回来。但他的名声从此传开了,好事的人还送他一个响当当的外号：小攥子。不管南集北街哪儿打架，人家都是提着酒肉来请他。

桂良也是个电影迷，墙根跟着他跑腿时多看了许多电影。和我们团体搭帮以后，墙根动不动就卖弄他看过而我们没有看过的一些电影，什么《保密局的枪声》《平原游击队》（彩色的）、《从奴隶到将军》等等，还有外国电影《瓦尔特保卫萨拉热窝》《这里的黎明静悄悄》等等，真是让我们羡慕得流口水。当然，这些电影都是墙根跟桂良跑到二十里以外的泇河集看的。

那时候，在我们这帮鸟孩子里边，谁要是看的电影比大家多，排队放屁都可以排在前边。尽管墙根比我们看的电影多，比我们大两岁，但他在我们的队伍里还是扮演听差的角色，因为不管什么事儿，他就会翻着两个大眼珠子冒呆气，就连队尾巴铁勺和筋头之流都敢变着法儿使唤他。特别是在电影场里，不管谁出去尿尿，都会大声吆喝地说："傻兔子，给我看着地方，别叫外庄的人坐了！"要是和外庄的鸟孩子对了阵，任何一个小孩都会把小脑袋一摆："傻兔子，把小攥子桂良教你的撩阴掌使出来，给我狠往裆里打！"

这时候，墙根装模作样地摆个架势，呀呀呀怪叫着冲向对方。通常情况下，墙根都能把对方打得哭爹喊娘，有很多时候也被人家打得哭爹喊娘。

总之，我们一旦和外庄的鸟孩子打起来，基本上都是墙根先动手。

记忆深刻的是那一年夏天,我们在曹大庄看电影时打了一仗。

那一年我们泇河公社刚刚变成泇河乡,包产到户的头一年,曹大庄有一个叫曹蝎子的人,他家十二亩地打了一万斤小麦,轰动全县,乡政府的大喇叭几乎天天广播这件事,弄得曹蝎子高兴得不知所措,就自己包了一场电影。

本来我们村离曹大庄有八九里路,在我们这些鸟孩子印象里算是很远的,但一听说曹大庄放电影,这八九里路就等于八九步路,抬腿就到。更重要的是那天曹大庄放的是我们盼望已久的《瓦尔特保卫萨拉热窝》和《保密局的枪声》,不管是谁来说破了天,我们也得去看这两部电影。

曹大庄要放这两部电影的消息就是墙根带回来的,他姥姥在那庄,他下午给他姥姥送豆种时,看见了张杰出和曹如意在那儿指挥人埋柱子。墙根说他在曹蝎子家亲眼看见片盒子上写的电影名字。"我还能不认识那几个字吗?"上了八年学才上四年级的墙根很自信地直拍胸脯。

于是,天一擦黑,我们一群鸟孩子就揣上凉馍夹酱豆出发了。

但是,那天放的不是我们盼望已久的《瓦尔特保卫萨拉热窝》和《保密局的枪声》,而是《渡江侦察记》和《珊瑚岛上的死光》。

《渡江侦察记》是我们看了无数遍的,而且分别扮演过其中的角色,歪头胡志明最爱扮演的是那个敌情报处长,三星扮演李连长,我小时候脸蛋比较白,就扮演那个女游击队长,在我们村南地的高岗上演出过几十次了。

《珊瑚岛上的死光》我们都没看过,放映员特意介绍说是一部"几年前刚拍成不久"的反特故事片。反特故事片我们也看过不少,像《羊城暗哨》《国庆十点钟》《秘密图纸》《东港谍影》《熊迹》《地下尖兵》等等,我们都还喜欢看。但这部新拍成的反特故事片真让我们看得心烦意乱,难免吹几声口哨,说几句怪话。没想到曹大庄的鸟孩子不愿意了,骂骂咧咧的。奶奶的,敢把我们当省油灯!顿时一阵拳打脚踢,电影场里一阵骚乱,狼烟四起。曹大庄负责电影场秩序的几个民兵晃动着手电刚跑过来,我们赶紧冲出人群,一口气跑到村头的公路上。

消停下来之后,我们一边走一边骂墙根骗我们,弄得大家白打一场架,也没看上《瓦尔特保卫萨拉热窝》和《保密局的枪声》。墙根傻笑半天,一点也没有愧疚的意思。后来我们的头儿歪头胡志明生气了,破口大骂了他几句,他才灰溜溜地走在最后边,等大家轮流放屁滋他一下。

在这里得多提歪头胡志明几句。

胡志明比我和三星大一岁半,嘴里镶一颗金牙,一说话或者一坏笑,满嘴闪金光。其实胡志明小时候头并不歪,而且还很漂亮,四岁那年害一场病,落下后遗症,硕大的脑袋就歪在右肩膀上,到死也没有再直起来。说白了,他就是个残疾人。但你还不能小看他,他那右肩膀上脑袋里一串歪主意,说不准他把哪个摘下来给你使上。东西两庄都知道歪头胡志明是个赖猫瘟,动不动就赖上你,讹上你,谁要是惹了他,他就扛着歪头,咧着金光闪闪的大嘴,往你家堂屋当门一躺,要吃要喝,还要屙你一屋子。我们这帮鸟孩子之所以把胡志明当头儿,就是看中他这一手,因为不管惹了多大的事儿,只要往他身上一推,天大事儿也等于没事。

但是,那天从曹大庄看电影回来,我们惹的一件事,胡志明就是像以往那样乐意扛也扛不住,况且,他说死也不愿意扛这件事。

我说过,来看电影时我们吃的是凉馍夹酱豆,酱豆多咸呀,简直能齁死人,加上又打了一架,还疯跑了好远,身上出了不少汗,当时渴得马尿都能喝。所以,当我们走到周庄南地时,大家不约而同地停下步子:面前是一片西瓜地。

尽管近在咫尺,我们还是犹豫了好大一会儿。因为这片西瓜是周登科种的。周登科三十多岁,还是个单身汉,在生产队干活时被权齿子把左眼珠子戳淌了,前后村都叫他瞎登科。周庄和我们李庄是前后村,地头搭地头,所以瞎登科这片西瓜就等于是给我们种的,我们动不动就来弄两个西瓜吃。一开始我们只知道西瓜很甜,后来我们才知道瞎登科也很厉害。有一天,我们几个趁中午吃饭时来摘西瓜,被全部逮住了,别看瞎登科一只眼,但他脚大腿长,跑起来比野驴还快,抓小鸡一样把我们几个拎到西瓜地中央。那儿有一口浇西瓜的机井,井台旁边是他晚上睡觉看西瓜的网床。瞎登科叫我们在床帮靠成一排,脱下臭鞋,用鞋底轮番把我们的嘴打得肿多高,最后还摘个大西瓜摔烂,尿上一泡尿,让我们吃。

当然,我们也不是省油灯,连续好几个晚上我们都去收拾他。我们先准备好一包蒺藜,在他地头埋伏好,等他睡着以后,就由铁勺和文胜爬到他床边,把蒺藜装在他鞋子里,我们把这个称作埋地雷,然后故意大喊大叫地摘他的西瓜。瞎登科一醒就下床穿鞋,每一次都扎得他哇哇叫。需要说明的是,这个主意是胡志明出的。

说到底,我们这帮鸟孩子都是记吃不记打的货。虽然口渴难挨,虽然半块月亮不太光明,但胡志明还是叫大家每人找十粒蒺藜。我们撅着屁股,趴在路边摸了半天,手扎得生疼,才完成胡志明交给的任务。等铁勺和文胜埋好地雷之后,胡志明故意咳嗽一声,带着我们大模大样地向西瓜地进军。没想到瞎登科这次睡得很死,我们每人抱一个大西瓜都走到地边了,他还在打呼噜呢。胡志明觉得"地雷"不能浪费,就命令大家一起叫喊:"瞎登科,瞎登科,有人偷西瓜啦!"

瞎登科果然一下子坐起来，不过，他没去穿鞋，而是坐在床边大骂："他奶奶的，有种给我站住！"

我们一齐大喊："×你娘，有种穿上鞋来撵我们呀！"

瞎登科气得哼哼了半天，根本没去穿鞋，而是从床底拉出一根大棍，说："妈的，我一枪打死你们这帮驴驹子！"

我们都吓了一跳，转身就跑。墙根在最后边一挥手，好像演电影一样大声疾呼："同志们，你们快撤，我来掩护！"说完，他转身跑了。

没想到，瞎登科手里真是一杆土枪，砰的一声，一团火光向我们呼啸而来。我们那儿把这种枪叫作兔子枪。这次兔子枪真的打着"兔子"了，傻兔子墙根嗷嗷大叫着扑倒在地。一开始我们还以为他又演电影呢，还奋不顾身地去救他，结果弄了大家一手血。

后来这场官司打到县里，动静传了几十里。后来，瞎登科什么事也没有，就是那杆兔子枪被双沟区派出所收走了。墙根在医院住了半个多月，医生在他腰上和屁股上剥出来四十多粒铁沙子。我们其他人没受伤，但墙根的医药费是我们分摊的。那时候人手里还不富裕，一家拿出二百块钱来，可真够大人心疼的，因此，我们在场的所有鸟孩子都被大人痛打了一顿。

胡志明因为是个残疾人，他爹没怎么打他。铁勺和文胜他们两个的爹合伙到北方贩卖小猪不在家，他们俩的娘都是有名的护窝子母狗,能打他们多狠?剩下的三星、大奇、小春,还有我,大家有目共睹,我们几个挨得最狠。小春被他爹胖老春打得跑出去两个多月。大奇的腿脚比较麻利,他哥和他爹一联手,把他打得学鬼叫,一个多月后走路还一瘸一拐的。三星和我是堂兄弟,他爹是小学老师,我爹是个小生意人,他们老堂哥俩很有心计,一人一根半截棍,把我们小堂哥俩挤到院子里,插上大门,打得我们在院子里野马似的乱跑。最后,狗急跳墙,八尺高的院墙我一个箭步就蹿上去了,三星慢了半步,屁股上多挨四五棍,在学校上学时,一个多星期都是跪在凳子上撅着屁股听课。

## 被爱情遗忘的角落·听火车

在农村放露天电影,一般很少放通宵的。但是有一次我们李庄放了一回通宵电影。那时候,想看一场通宵电影是很艰难的事,不过,能一口气看四部电影也是很过瘾的事。

在我们李庄放通宵电影也是事出有因:我们大队一共有六个村庄,大队部在大队书记康向前的出生地康寨,不消说,一轮到我们大队放电影,基本上都是在康寨。为此,其他几个村庄很有意见,尤其是我们李庄意见最大,因为我们李庄是全大队人口最多的,还"出产"了一个大队治安主任,居然老不在我们李庄放电影,是不是太窝囊了?加上小攮子桂良他们那帮年轻猴一撺掇,逮了个人多的场合,拿话头儿把治安主任给狠狠刺激了一番。治安主任名叫李风潮,是个二性头,也就是说有点倔驴脾气,二两小酒一喝,有人托屁股他就敢上天。李风潮有个让人费解的外号,叫茅根草,到现在我也没弄明白,这个外号到底是什么意思。

茅根草被桂良他们说得恨不得把头耷拉到裤裆里,回家换了衣服就气势汹汹地去找康向前评理,吵得康向前家房顶差点儿崩飞天上去。康向前毕竟是个书记,还是有点水平,一拍桌子说:"好,下次就在你们李庄放,放四部片子,把眼珠子给你们熬淌油,让你们看过瘾,看死你们!"

这桩事儿也发生在刚刚包产到户那会儿。康向前说这话时才过罢春节不久,可是一直等到收麦了,电影队才来到我们李庄。

这时候电影队早已换了个新人。因为全县人民学习曹如意的热潮早已过去了,曹如意还管着发电机,而张杰出因为强奸女老师被送到七里桥劳改场去了,新的放映员是从城里文化馆分下来的,也姓张,叫张心得,白白净净的,不吸烟不喝酒,见人就说"你好"。这个年轻人已经为我们全乡人民放了两年多的电影了,差不多人人都认识他。他那文质彬彬的模样很讨年轻姑娘喜欢,第一次来到我们李庄,就让筋头他姐害上了相思病。筋头他姐叫小青,出落得很水灵。小青比我们大两岁,但和我们一起上中学,而且还在一个班里,但她什么事儿都比我们知道得多,知道得早。小青的故事很多,回头我再说一点。这里先说这一点是为了陪衬一下张心得,因为这个人物很重要,在我个人最落魄的时候,给我指了一条光明大道,改变了我的命运。

我们李庄的人正拿着镰刀准备下地割麦,一看见电影队来了,又听说要放四部片子,哪里还顾得上熟透的小麦?就是小麦全部烂地里,也得先回家张罗晚上看电影的事儿。

那场通宵电影是在我们村西头柿树林里放的。虽然叫作柿树林,但没有几棵柿树。虽然没有几棵柿树,但每一棵都有几搂粗,上边枝叶繁茂遮天蔽日,下边地面宽阔,真是放电影的好场子。

按照惯例,电影开始之前,大队干部要讲几句话。我们大队的治安主任茅根草平时说话嘴上就没有个把门的,那天在我们庄放电影,他觉得自己争得个天大的脸面,又喝了几盅猫尿,讲起话来更是驴唇不对马嘴,一上来就要全庄家家留个看门的,要做好"防火防盗防安全"的工作。大家一听"防安全",顿时哄堂大笑。茅根草听出点邪意思,赶紧转过话头讲计划生育,满嘴都是"结扎上环""劁猪骟蛋"。说着说着他的舌头离开轨道,大讲:"我们李庄有个叫李德化的,五十多岁了,生了六个小孩,还不愿意结扎,还是人民教师呢!"李德化是谁?就是我堂大爷,就是坐在我们中间的三星他爹。三星哪里肯依,一下子就跳起八丈高,指着茅根草破口大骂:"茅根草,我×你娘!你家八个小孩,你爹七十多岁了咋不去骟猪蛋!"电影场里顿时一阵子大笑。茅根草气得酒醒一半,非要维持秩序的民兵把三星抓起来。双方哥几个立马对阵叫骂起来,如果不是我们李庄的人怕耽误看电影,上前劝开了,那一场血战肯定不能避免的。

谁都没想到,那场通宵电影后来给我们的乡村生活增添了许多乐趣,甚至还影响了我们村几个年轻猴的命运,所以我把那四部电影的名字记得很清楚:《被爱情遗忘的角落》《归心似箭》《梁山伯与祝英台》《东进序曲》。

因为前两部片子都是新电影,理所当然要放在后边。后边两部电影都是大家看过的,所以要放在前边了。我们这帮鸟孩子都不喜欢《梁山伯与祝英台》,觉得那几个穿着花衣服的人扭来扭去很耽误时间。但是大人们很爱看,特别是一些妇女,还学着祝英台的说话腔调和旁边的男人打情骂俏。我们比较喜欢《东进序曲》,这部片子里的那个刘大麻子让我们情有独钟,还有他的九姨太,浪兮兮的,就像大奇他娘一样。银幕上刘大麻子用指头点着九姨太说:"老九,没想到你这肚子里还真有点货!"我们就在下边表演,挽起袖子随便指着谁说:"老九,没想到你这肚子里还真有点货!"

《归心似箭》前边看着还可以,因为一直在打仗呀,后边就不是太喜欢了。你想,一个革命战士受点伤有什么了不起的?人家《英雄儿女》里边的王成头被打得稀烂,还抱着火箭筒大声疾呼"为了胜利,向我开炮"呢!这个魏得胜倒好,腿上受点伤,就躺在炕上和一个小娘们儿打哩嬉腔,还要给人家挑一辈子水。可是大人们非常喜欢这部片子,尤其我们李庄的那几个老光棍,在外边大声吆气说:"小春他娘,我给你挑一辈子水吧!"小春他娘有一张很光鲜的小圆脸,爱说笑话,老光棍们爱在嘴上拿她来安慰自己寂寞的心灵。小春他娘很不好惹,一开口就没好话:"俺家有小春他爹挑水呢,给你戴个眼罩到磨道给我拉一辈子磨吧!秃尾巴驴!"

因为电影开始时三星和茅根草发生了一阵子骚乱,耽误了不少时间,等到放最后一部《被爱情遗忘的角落》时,东方天际都已经出现了鱼肚白。搁在平常,都有起早下地干活的了,但没有几个人走,因为以前哪里看过这类电影呀?简直大开了眼界。当看到小豹子和村妮在粮仓里搂在一起时,整个电影场里一片寂静,好多人都快把脖子伸到银幕上了,尤其是桂良他们那帮年轻猴,眼珠子都快瞪出来了,恨不得亲临现场,恨不得小豹子就是他们本人。连我们这帮鸟孩子也都看傻眼了,脑袋乱晃,东张西望,专瞅和我们年龄相仿的小姑娘。我个人没看到外庄的小姑娘,反而看到筋头他姐小青泪眼婆娑的。文胜最爱干不合时宜的事儿,就在小豹子和村妮亲嘴时,文胜突然出人意料地喊了一声:"腚眼对腚眼哪!"顿时一阵子哄堂大笑。我们几个气得要命,一言不发地打他几十闷拳,打得文胜眼泪汪汪的,半天不再说话,直到银幕上那一群年轻人跑到火车轨道上,趴在铁轨上听火车时,他才神情惊讶地噘起嘴唇嘘了几声。

关于这场通宵电影,还有两件小事有必要说一说。

第一件不太重要,但它促使了胡汉三筋头他姐小青考上了我们县重点高中。因为自从那场电影之后,我们李庄的许多浪荡鬼,一看见筋头他大爷和筋头他娘走在一起,就冲他们唱自行改编的《梁山伯与祝英台》:"太阳一出紫歪歪,一对学生下山来。前边走着梁山伯,后边紧跟祝英台。芝麻地里亲个嘴,玉米地里飞蝴蝶。""梁山伯"与"祝英台"气得在村当街破口大骂几十回,也没有作用,最后筋头他爹没办法,只好拎半瓶农药"3911",在中午饭场里几口灌下去,虽然没死,但终于堵住了那些浪荡鬼的臭嘴。这事对小青刺激很大,她立下大志气,发愤图强,一下子考上了我们亳州一中。

第二件事必须得说,因为它对我们的心灵震动太大了,下辈子都不会忘记。

我记得非常清楚,就在那场通宵电影之后,收完小麦,豆子都种地里了,眼看都快开学了,我们中学的教导主任才来到我们村,通知三星、我、文胜:"你们都被双沟高中录取了!"还没等我们高兴的屁放出来呢,他又告诉我们小青的成绩在全亳州第二名,被县重点高中录取了。我们顿时傻眼了,因为亳州一中是全省的重点中学,那几年每年考大学基本上是连窝端,我们李庄的人把亳州一中叫作状元一中。

尽管如此,我们村一下子出了四个高中生,那也是历史性的突破,一时间轰动十几里。我们的父母们一个个高兴得头上痒痒腚上挠,在开学那天,除了学费,还多给了我们十几块零花钱。等我们三男一女兴高采烈地背着行李书包刚上柏油路,文胜就提议干脆一块先把小青送到县城再说,也顺便看看我们的状元一中是什么样的。我和三星当时也正处在扬扬得意的兴头上,就一口气把小青送到了亳州,又在很神圣的状元一中校园里玩了半天。到吃中午饭时,小青非要请我们,说这么远的路,我们来送她怪不容易的。

在学校外边一个小饭馆里,小青花了十二块钱,按照干部下乡检查工作的规格,要了四个菜一个汤。文胜非要喝酒,小青又花了九毛六分钱买了一瓶白酒。我们几个一边吃一边喝酒,说着话就扯到了那场通宵电影,其他片子都没多说,就说《被爱情遗忘的角落》,说得小青的脸通红。三星酒量大,一瓶酒他喝了一半还跟没事似的。文胜见酒脸就红,最后喝成了紫茄子,好像刚被锤过的牛蛋发了炎。我喝得也不少,说话时舌头老顶着腮帮子。

吃完饭小青要回状元一中,我们三人也要坐票车回双沟高中去报到。站那儿说话等票车时,一辆火车过站时拉了一声长笛,文胜非要去看火车。那时候,我们都没见过真火车,亳州也是刚通火车,一般火车还不停,倒是过路的火车很多。于是小青也不回学校了,就跟着我们去看火车。一路上文胜醉得东倒西歪,活像狗被打断了后腿。我们当时所在的位置离那个破烂的火车站太远,也是贪图近路,过了赵王河上的赵王桥,再过一条土沟就是铁路。我们在土沟这边等了半天,也没有过一列火车,后来远远传来一声火车鸣笛声,文胜有点兴奋异常,一下子冲过土沟,扑倒在铁轨边,还回头对我们大喊大叫:"现在我就是春妹爱上的那个许荣树呀!"

接着,文胜就模仿许荣树侧着脸把耳朵贴在铁轨上听火车,我和三星还笑话他。小青没喝几盅酒,比较清醒,有点害怕,大喊狗腿子快回来。正喊着,一列火车就过来了,我和三星赶忙大喊文胜,可是文胜趴在铁轨上就是不起来。我和三星刚蹿过土沟,火车就从眼前过去了。文胜还趴在那儿,等我们跑过去一看,文胜的头没有了,脖根那儿一摊稀烂的血污。我和三星还傻乎乎地顺着铁轨找了十几步远,也没找到文胜的头。

## 美人计·大美人

张心得这个人真不简单,不像张杰出老给大家放一些看了几百遍的老片。也可能因为张心得是从县文化馆下来的,拿片子方便些。反正自从张心得给我们放电影以来,还真叫我们看了许多好电影,其中有一些是我们早就听说过但没有看过的,还有一些我们从来就没有听说过的,这一类的大都是外国电影,比如《神秘的黄玫瑰》《佐罗》《大篷车》《美人计》《摩登时代》《卡萨布兰卡》《魂断蓝桥》等等。那时候,这些外国电影有的我们还欣赏不了,但有的我们非常喜欢,比如《神秘的黄玫瑰》《佐罗》等,都是我们看了还想再看的电影。当时《少林寺》《武林志》《南拳王》之类的武打片还没出来,也没有"武打片"这一说法,我们就把《神秘的黄玫瑰》和《佐罗》这种片子称为"外国的武术片"。

当时我们都是处在好斗和骚动的年龄,对"外国的武术片"极其着迷,比看我们非常喜欢的《铁道游击队》还上瘾。尤其那些骑着骏马飞奔、在大钟楼上飞上飞下、枪法百发百中的外国好汉,简直让我们这群鸟孩子崇拜得五体投地。比如《神秘的黄玫瑰》中那个好汉的潇洒动作:在敌手的枪口下,他总是不慌不忙地从一盘新鲜的向日葵上抠出一粒葵花子,很浪漫地扔进嘴里,然后在一眨眼间掏出枪把敌手击毙,这才心不在焉地吐出瓜子皮。这个动作简直要了我们的小命,我们整天模仿,恨不得那个好汉就是自己在外国的干爹。当然我们对佐罗也是很佩服的,只是他那舞动长鞭上下翻飞的动作不好模仿。有一次小春爬上一丈多高的麦秸垛,模仿佐罗往下飞,差一点儿摔成柿饼子,趴在地上鼻口哗哗地淌血,两三个小时都没动地方。

但是武功高强的小攮子桂良他们那帮年轻猴,反而对这类片子不大感兴趣,他们更喜欢看的是那些有漂亮女人搂抱亲嘴的爱情故事片。不管在多远的村庄放这样的片子,也不管看了多少遍,他们那一帮人肯定都会去看。好在那时候农村的生活有了一些改善,像桂良他们那帮年轻猴,差不多都是二十郎当岁正该讨媳妇的年龄,人人都有一辆崭新的自行车,晚上出去看电影,不管远近,他们都骑着自行车,一行二十多人,一路上风驰电掣,铃声震耳欲聋。这一景观在我们那方圆十几里甚是闻名,只要是个活人,都知道我们李庄有一支看电影的飞虎队。

关于这支飞虎队,有很多故事可以慢慢讲,现在我先讲讲其中一个成员李广义的故事。李广义的小名叫鸡屎,面黄肌瘦,个头儿又小,儿时大家都是鸡屎鸡屎地叫他也不觉得难听,可是一上学就不行了,老师总不能叫他李鸡屎吧。语文老师攒足劲头给他起了好几个学名他都不同意,好在他爹歪嘴子李德昌早先唱过几天大鼓书,在脑袋里扒拉半天才给他找出个李广义,还自鸣得意地告诉大家李广义是古代的一位元帅。于是,从此以后大家都是叫他元帅李广义,不再叫他鸡屎了。

李广义一开始并没有自行车,桂良他们都很有个性,骑自行车从来就不带人的,平时他们看电影,都是骑自行车前边跑,李广义在后边满头大汗地飞奔着追他们。这是很伤自尊心的事儿。李广义给他爹闹过几回,最后一次坐在河塘边给他爹闹,二十出头的人了,两手握住两个细溜溜的脚脖子,哭得泪雨滂沱。河塘边一溜大人小孩在那儿钓鱼,差一点儿都把蛋子笑炸了。他爹歪嘴子李德昌一生气,钓鱼竿一扔,脱下破鞋子劈头盖脸一顿臭揍,打得李广义在河塘边学老鳖爬。然后,他爹回到家就把老母猪带一窝小猪赶到王桥集上卖了,回来就给李广义推了一辆崭新的"永久"牌自行车。

有了自行车,李广义简直一步登天,比中了状元还神气,每次去看电影,谁也没他骑得快,就像箭头一样,嗖的一声就把后边的人撇开一里半路。这辆自行车还给李广义带来了一次桃花运。有一次看完电影,李广义就用那辆"永久"牌自行车驮回来一个花不溜秋的大姑娘,高兴得他爹嘴都不歪了,也不问问那姑娘的情况,不管三七二十一,只觉得是个天大的便宜,天一明就跑到王桥集买来红纸鞭炮,还没到吃中午饭呢,就把李广义的婚姻大事办完了。也就是月把时间吧,李广义用自行车驮回来的那个大姑娘,自己骑着自行车去赶集,结果一去不回头,找几个月都没找到。伤心的李广义一年四季都坐在他家屋后的那棵老枣树下,两手握住两个细溜溜的脚脖子,哭得鼻涕眼泪一大把,鼻子都快拧掉了,还一边哭一边嘟哝:"我的人啊,你到哪里去了?我的自行车呀,你到哪里去了?"

当然,这都是后话了。

我们这帮鸟孩子都非常羡慕飞虎队,想一想,骑着自行车看电影多来劲呀!但是,就我们这年龄这德行,别说让父母给你买一辆自行车了,就算家里有自行车,他们也得把气门芯拔了,哪里肯让你骑着满地儿卖光儿?没办法,我们要是跟着桂良他们去哪庄看电影,都是像当年李广义一样,跑得满头大汗地跟在后边。有时候,桂良他们要是准备在电影场里做什么事儿需要我们掩护,他们才会驮我们一阵子。当然,飞虎队的自行车后座也不是好坐的,他们骑得飞快不说,还专朝坑洼不平的路面上走,能蹾得你五脏六腑直冒青烟,而且拐弯时又急又陡,有时候一个急拐弯,二十多辆自行车后座上能摔下来十几个,总之,一路上不把你摔下来几次他们是不甘心的。

我体验过被摔下来的滋味,终生都不会忘记。因为我的武术老师和桂良他舅是同门师兄弟,凭这点关系,每次我都是坐桂良的自行车,但是桂良对我照摔不误。正骑得飞一样,突然一个急拐弯,那我从自行车后座上掉下来是啥滋味?和死差不多。飞虎队成员基本上都是这么缺德。但这并不影响他们的威名,到了电影场以后,他们都是把自行车在银幕背面排成一字长蛇阵,锁都不锁,就带着我们往人群里挤。自行车放在那儿非常安全,外庄的人一看那阵势,就知道是李庄的飞虎队,哪里敢有什么非分之想?

我们这帮鸟孩子和桂良他们一块看电影,往往是很辛苦的。因为看电影时,他们老往姑娘多的地方挤,当他们来了劲头儿想"扎馒头"或者想"摘桃子"时,我们就要为他们制造一场混乱。这里解释一下"扎馒头"和"摘桃子",也就是我们那儿看电影时的一个坏习惯,年轻猴要是在姑娘背后起了坏心眼,就制造混乱,趁机用那个硬东西扎人家的屁股,这叫"扎馒头";要是在姑娘前边制造混乱,趁机摸人家的胸脯,就叫"摘桃子"。这种事情在电影场里不稀奇,不管男女,大家都是心知肚明的。有时候电影场里一拥挤一骚动,坐在放映机旁边的大队干部就拿着麦克风在大喇叭里喊:"挤什么挤?是想'扎馒头'还是想'摘桃子'?那几个不要脸的年轻猴是哪庄的?"

那时候,我们这帮鸟孩子还不知道"扎馒头"和"摘桃子"的趣味,只知道我们的任务是比较艰巨的,因为桂良有两个花朵似的妹妹也爱看电影,加上飞虎队那帮人个个都是护三邻的好狗,所以,每一次看电影时桂良都交给我们两项任务:一个是要保证他们有机会对外庄的姑娘"扎馒头""摘桃子",一个是要保护我们李庄的姑娘不被外庄的坏人"扎馒头""摘桃子"。因此,我们这帮鸟孩子比较忙,有时候还得分成两拨,一拨到场外往里边扔砖头,一拨挤到我们李庄的姑娘周围,保护她们。

下边举一个在白庄看电影时"扎馒头"的例子。

白庄离我们李庄至多三里路,在我们庄东边。平常我们去赶古城集,都要路过白庄。一说到白庄看电影,桂良他们是最来劲头的。因为白庄有一个叫灵芝的大闺女,不是一般的漂亮,而且还是个高中生,差七分没考上大学,在方圆几十里都是有名的。最吸引人的还不是她的漂亮,更重要的是她到二十三岁了还没对象,这是很让许多适龄的年轻猴心猿意马的。所以到白庄去看电影,就等于去白庄招亲,至少也等于有机会扎灵芝的"馒头"。

那天听说白庄有电影,飞虎队的人还没等太阳偏西就召集在一起嘀咕,桂良还特意让大奇骑着他的自行车去白庄侦察了一番。大奇能骑上自行车,高兴得好像终于戴上孝帽子,我们一转眼的工夫,他就不见了人影,一泡尿刚尿半泡,大奇就回来了。果然真有电影,而且还有一部外国电影。当时我们跟着飞虎队的人高兴半天。等天一落黑,飞虎队的人个个都打扮得像公子少爷一样,带着我们就出发了。走到半路,桂良停下来给我们布置任务:"你们几个给我听着,今晚上每人给我朝电影场里扔仨砖头,回来我大大有赏!"

那天桂良打扮得很有特色,脚上的白球鞋不用说了,下身是橘黄色的绸料灯笼裤,上身是那件在乡政府打篮球时发的天蓝色短袖运动衫,胸前印着四个白字"勇夺第一",背后是大大的"13",也不知在哪儿找的一条四指宽二尺长的红布,像打领带似的紧紧地扎在脖子上,煞是威风,很是古怪。

那晚的电影是在白庄村当街放的,地方不大宽敞,来看电影的人很多,人群拥挤得比较瓷实。因为准备得比较充分,一进电影场,我们毫不费劲地就站在了灵芝身后。和灵芝在一起的还有她妹妹绿茵,长得也很漂亮。那一刻我在桂良旁边站着,贼溜溜的眼睛老往灵芝、绿茵她姐俩脸上瞅。她姐俩坐在一条板凳上,每人两条大辫子,在背后晃来晃去的,让人眼花缭乱。出人意料的是,电影开始半天了,也不见桂良给我们使眼色下命令,反而笑眯眯地看着电影,时不时还故意给我们说几句俏皮话,逗得周围的观众一阵接一阵地大笑,引得灵芝和她妹妹绿茵老是回头笑眯眯地看他。

　　大奇的情报比较准确,那天在白庄真放了一部外国电影,不是我们早就听说的《神秘的黄玫瑰》或者《瓦尔特保卫萨拉热窝》,而是《美人计》,虽然我们连听说都没听说过这个电影名字,但彼时彼境,大家还是认为这个片名真是好得很呀!多少年后,我才知道这是著名的电影大师阿尔弗雷德·希区柯克的杰作。不过,当时我们都没吃过奶酪面包什么的,仅凭那点还没完全发育好的大脑,哪里看得懂这么精妙的电影,就连那些外国人名都记不住。但也觉得这部电影还是很好看的,那个男主角动不动就和那个万分美丽的金发女人亲嘴,他们在银幕上坐着飞机,我们在下边一眨眼,他们就从迈阿密来到巴西了,跑到大海边的小楼里,一边打电话一边亲嘴,多好的事儿呀!桂良一看到亲嘴的镜头,就说外国女人个头真高,咱们要和她亲嘴,非得搬条板凳垫脚不行。后来我们又觉得另一个外国男人比傻兔子墙根还傻,看见自己的老婆和人家亲嘴,他不但不揍人家,还向人家说对不起,多不可思议呀。

第二部电影《张铁匠的罗曼史》放了一半时,桂良才突然告诉我们不要再扔砖头了。我们几个也早已放弃了这个念头,因为大家都看到桂良和灵芝搭上话了,虽然说的都是与正看的电影有关,但一个说上句一个接下句,让人觉得很火热。到电影散场时,桂良还很有礼貌地邀请灵芝,等我们李庄有电影时一定去看。

说来说去,那晚在白庄看电影,桂良他们没扎成灵芝的馒头。这显然不是一个看电影时"扎馒头"的好例子。后来我们才明白,桂良在放长线钓大鱼。过了没两天,桂良借着在电影场和灵芝拉的热乎劲儿还没凉下来,就提着四色礼品去请柴铁嘴到灵芝家提亲。柴铁嘴在我们那儿以保媒拉纤成功率极高而闻名,但这一次他却失败了,灰溜溜地把四色礼品提到桂良家。桂良觉得很没面子,当着全村人的面发誓:"我靠,我就不信这个邪!不把灵芝娶到我家大床上,我就一头碰死在咱庄四条家的牛蛋上!"四条是小春他叔,个头不大,还有点驼背,但他家喂了一头种牛,方圆几里的人家都是牵着母牛到他家配种。

桂良也是个二性头,第二天早早吃了饭,提着四色礼品单枪匹马地踏上了求亲的征途。结果很难堪,人家灵芝把四色礼品给他扔老远,灵芝的两个兄弟还拿着三股铁叉一口气把桂良赶到我们村东头。

没想到,桂良很有恒心,天天到白庄去,看见灵芝下地干活,就凑上去说话,灵芝的两个兄弟跟他打了十几架也不起作用。后来发展到桂良成了灵芝家的义务工,每天天一亮就去,地里有活地里干,家里有活家里干,灵芝家里吃饭他就看着,有时候自己拿碗到锅里盛。到天黑就回来,一路上小曲儿还唱个没完,碰到熟人,就说到老丈人家干活去了。一直干了两年多,我都上了一年高中了,桂良的好事儿还没个影儿。

正所谓"精诚所至,金石为开",灵芝家终于顶不住了,虽然软沓沓的没有个痛快话,但是灵芝开始到桂良家走动了,还帮桂良家收过一季豆子。白天里看上去灵芝真不应该生在乡下,一般农村闺女模样可能很周正,但大多是粗手大脚,灵芝的那一双小手又白又细,好得简直就不像是人手。灵芝那身材,按照我们村的说法,属于那种一步两颤、三步四闪的好骨架。三步四闪我不知道什么意思,一步两颤是大家都知道的。

说到底,这么个大美人,桂良是没福娶回家享受的。到后秋里,白庄以北二里远的小耿庄回来一个当兵的,小名叫帅孩,在部队刚提干,回来探家,有点炫耀的意思,到白庄看他的老同学灵芝,一看就把灵芝看跑了。人家神不知鬼不觉,到乡政府开了介绍信,第二天就把灵芝带到部队结婚去了。后来我们都见过帅孩,不仅不帅,而且个头不高,属于那种人没蛋大、蛋没花椒大的小崽子。

两三年的劳动,马上就要出成果了,突然闯来一个外人把桃子摘走了,英雄盖世的小攥子桂良哪里能咽下这口恶气?就是桂良肯把这颗恶果咬牙嚼嚼一伸脖子咽了,我们李庄的千把号人的面子还往哪里搁?当天自发的几百人提着家伙就闯到了灵芝家,片刻工夫把灵芝家砸个稀巴烂,弄得影响很不好。最后,附近好几个村的头面人物出来说和,令人意想不到的局面就出现了:灵芝的父母同意把绿茵嫁给桂良,而绿茵居然还答应了。

更可笑的是,灵芝嫁给大军官帅孩以后,日子过得也不太和谐,因为他们好几年了还没生孩子,不知谁的毛病,据说经常打架,有时候灵芝从部队回娘家一住就是小半年。那时候桂良都三个小孩了,站在自家大门口,逗弄着孩子,一看见人就笑眯眯地说:"我靠,什么破枪,一点准头都没有,还当兵的呢!"要是绿茵碰巧在旁边,就会毫不犹豫地把一张死面饼子准准地贴在桂良脸上。

顺便说明一下,我们那儿把搧耳光称作贴死面饼子。

## 电影周·虎口脱险

我们乡下人的娱乐方法是城里人捉摸不透的,所以,我们乡下人的愉快也是城里人体会不到的。我们李庄百年不遇放一场通宵电影,我们村的大人小孩兴奋得要死。但是,刘天庙每年都要连放七天电影,也没见他们那庄的人有什么异常表现,个个都是摆出一副司空见惯的神态。我们李庄的人都很纳闷儿,难道他们刘天庙的人和我们李庄的人吃的东西不一样,我们都是吃五谷杂粮长大的,难道他们都是吃牛粪来维持生命?

这里讲讲刘天庙。

刘天庙是个村庄,在我们李庄东南角,距离不过三里半路,平常他们庄的老母鸡下蛋,站在我们村东头的大路上,就能听到"咯哒咯哒咯咯哒"的鸡叫声。刘天庙村庄不大,人口也不多,说句不中听的话,傍黑拎条渔网,到刘天庙村头一站,哗啦一网下去,准把他们收拾个干干净净。就这么个小庄,居然还有几分鬼气,不是街不是集的,也没有什么寺庙,但他们每年都要弄一次庙会,而且一搞就是七天,真搞不清他们有什么值得这么庆贺的。从腊月初八开始,到腊月十五完会,又放电影又唱大戏,好像他们刘天庙出了个真龙天子,动静很大,弄得亳州以南几十里的人都来赶庙会。

这里边有个缘故。

刘天庙东头有一棵大柳树,很粗很高,十个高腿长胳膊的年轻猴可着吃奶的力气都搂不过来。就这么一棵癞柳树,神奇得不得了,而且历史悠久,盘根错节,如果非要探究它的历史根源,那非得逼疯几十个历史学家。但刘天庙的大人小孩对此都了如指掌。按照他们的说法,那一年腊月初八,观音菩萨去西天佛祖那儿赴宴,喝得酩酊大醉,路过刘天庙上空时,手里净水瓶中的柳枝摇落一片叶子,恰好落在刘天庙村东头,那片柳树叶落地生根,见风就长,七天之后就长成这么一棵巍巍然大柳树。

这就是刘天庙的庙会一搞七天的由头。

如果一个人的最高智商有一尺,你要有一寸半的智商,就知道这是个迷信玩意儿。但是,智商在一寸半以下的人比比皆是。别说庙会那七天了,就是平常,几十里路以外的哪个人有个小怪病,都会跋山涉水不辞辛苦,来到刘天庙村东头的这棵大柳树下,又是烧香又是磕头,还准备几丈大红布给神树披袍子,还要供上一个熟猪头、两只烧鸡、一篮子水果,这才能从树身上抠下指甲大的一块树皮拿回家熬神药。要是赶上逢庙会那七天,你要想去那棵柳树下烧香磕头,供熟猪头烧鸡什么的,那你得提前半个月甚至一个月到刘天庙去排队挂号。因此,说是初八开始正式庙会,其实一到十一月,刘天庙那庄就开始人来人往川流不息。到腊月十五庙会结束那天,光那棵老柳树上挂的大红布就得用卡车拉,烧鸡猪头水果什么的就不说了。那些红布真好,它把刘天庙的人和别的村庄的人区别开来:人人一身红,红褂子,红裤子,红帽子,红鞋子,不管大人小孩,男女老幼,往人群里一站,你一看就知道是刘天庙的人。

当然，这些乌七八糟的事儿，我们这帮鸟孩子不感兴趣，我们高兴的是能一连看七天电影，而且刘天庙的庙会上放的大都是新片子，一听名字就叫人耳鸣三十分钟。如果说不让谁过这个年，那是可以商量的，但要是不让他到刘天庙看电影，他准会毫不犹豫地拿把火点你家房子去。

但是，刘天庙的电影可不是那么好看的。

与其说刘天庙的大人小孩是被他们那庄每年一次的庙会惯坏的，还不如说是被那棵老柳树蒙坏的，好像他们都是半仙之体，刀枪不入，无论对哪庄的人都是斜着眼珠子，一开口就卖洋腔。公平地说，刘天庙的人这副鸟样子也是情有可原的，因为一逢庙会，杂七杂八的什么人都有，三教九流五行八作，磨刀的、耍棒的、耍魔术玩杂技的、推销麦种卖假药的，全来了，就是平时到城里都看不见的行当、买不着的玩意儿，等刘天庙的庙会一开始，准能看得到买得着。每年在这么复杂的环境中熏陶七天，日积月累，把刘天庙熏成了一个江湖，大人孩娃一开口就是满嘴江湖黑话，切口对不上，他还不饶你。

我们李庄在方圆十几个庄里也是响当当的，到哪庄看电影人家都是端茶搬板凳地客气，你刘天庙不就是有一棵烂××柳树吗？我们李庄的人每年去逛个鸟庙会，还要忍受你们刘天庙的那帮蚂蚱苍蝇们的种种盘问和刁难，岂不是没了王法，还讲不讲理了！这口恶气在我们李庄人的心里憋了很久了,在小攥子桂良他们那一帮人之前,我们庄的几个愣头青就开始琢磨着怎么收拾刘天庙,可是到了桂良这拨好汉手里还没个结果,真是急死人了。这时候,我们这帮鸟孩子都快变成年轻猴了,常言说少年心事当拿云,终于轮到我们扛大梁的时候了。

本来我们李庄的人到刘天庙看电影逛庙会的故事很多,但基本上都是大同小异,也没多大意思,值得一提的是我最后一次到刘天庙看电影逛庙会。

那时候我和三星都上高三了,属于考大学的最后冲刺阶段,虽然学习很紧,但我们一有空就跑到区文化宫里看电影。恰好那一年学校放假早,进了腊月刚一个星期就放假了。第二天,也就是腊月初八,一大早,我和三星就扛着被子挎着书包急着往家赶。那年雪下得特别大,虽然雪已经停了,但路上积雪厚得吓死人,票车上不了路,没办法,我们两个只好徒步行军,还一边走一边唱:苦不苦,想想红军长征二万五;累不累,看看英雄董存瑞!翻来覆去就这两句,居然唱了十几里路,后来烦了,剩下的二十多里路唱的全是:我们在冰天雪地里,猛烈追击逃跑的敌人。这是一部外国电影里的插曲,如果我没记错的话,那部电影名叫《拿破仑在奥斯特里茨战役》,是我和三星在文化宫看的,票价一毛五。

我和三星回到家太阳刚落地,家里居然一个人也没有,都到刘天庙逛庙会听大戏去了。锅里连个凉馍也没有,我和三星一生气,把他家的十四个鸡蛋、我家半包红糖往锅里一倒,一人弄了一碗红糖荷包蛋。正吃得滋润呢,大奇和小春他们十几个就找来了,一个个穿戴得好像要去相亲一样,进门就叫嚷着攻打刘天庙。我一看,小春和筋头两个人虽然新衣新帽的,可是一个腮帮子肿多高,一个眼圈乌青,不消说,肯定上午在刘天庙卖光儿时被人打了。我故意问:"上午你们打刘天庙的人了?"小春义愤填膺地说:"鸟毛,是人家打我们了!你们两个都回来了,得给我们出口气去!"

三星一听打架,就有几分不大乐意,说要看电影他就去,要是专为打架他就不去了。后来几个人说今天是刘天庙第一天庙会,放三部电影,海报贴得满庄都是,一部是《知音》,一部是《骆驼祥子》,一部是外国电影《虎口脱险》,都是宽银幕的。三星早就想看《虎口脱险》了,一听有《虎口脱险》,别说去打架,就是到刘天庙下滚油锅,他也不会皱半下眉头的。不过,他要求大家,最好不要打架,就是打也得看完电影再打。

由于社会发展,世界风云变幻无常,我们这帮人也变动很大。这里需要介绍一下,我和三星上高中一走,我们这一帮的中坚力量损失很大,歪头胡志明狗胆包天,和古城集一伙偷车贼勾搭上了,专门负责给人家放风,去年后秋里偷汽车被抓捕,人家差一点儿没把他的歪头从右肩打到左肩上去,现已经被送到七里桥和张杰出做伴去了。不过大奇和筋头还有点本事,又发展了一批新成员,比如野骡子三皮、缺把瓢茄盖、伪保长玉玺、厚肚皮平房、蒋委员长大彪子,等等,都比我们小三四岁,原先都是在我们屁股后边狂追几里路我们都不要的货,如今都成了和我们平起平坐的人物。当然,他们这帮新生代对三星和我还是比较尊重的,因为在今年暑假里我们溻河乡举行武术友谊赛时,我获得了刀棍和套路拳术两项亚军,三星把对手的嘴打得缝了五针,获得了散打冠军。所以,我们这帮人走向刘天庙时,我和三星走在最前边。

通往刘天庙的大小路都被前人踩出来了,路两边的雪耸出多高,走在路上就好像走在沟里似的。大老远地就听到锣鼓喧天,人欢马叫,天才傍黑,整个刘天庙就灯火通明。刘天庙的电影场也很有特点,村东头有七八亩地,用红砖垒了一圈院墙,留个门口,平常一放电影,门口还有两个把门的,又不卖票,纯粹是个摆设。在庙会这七天放电影,门口有四个把门的,也不卖票,主要弄那么个阵势,震慑来看电影的外庄人里边的个把坏人。我们一群人进去时,那四个把门的还斜着眼珠子多看我们好几眼。

电影场里早已人山人海,大都是二十多岁的年轻猴。我们这帮人都是看电影的老手,两个波浪一拥挤,就到了场中间。这回看到了放映机,片子已经挂好,刘天庙年轻猴的领头人刘国强在放映机那儿,正拿着麦克风讲话。我们又一拥挤,搞了一片地方刚坐下来,刘国强就开始用黑话骂我们,我们谁也不吭气,但心里拿定了主意,如果他还继续说黑话,等看完电影,我们会请他吃砖头的。

说几句刘国强。这个人和我们李庄的桂良是同龄人,拳脚功夫甚是了得,他师傅是太和县著名的民间武术家施怀忠。刘国强是施老的关门弟子,外号叫鹅掌,江湖人称"草上飞",据说他一纵身能蹿上房顶,不过谁也没见过。每年刘天庙逢庙会,不管在哪儿都可以看到鹅掌的身影。鹅掌不仅是刘天庙的头面人物,在亳州以南也很有名声,所以刘天庙一逢庙会,鹅掌就成了压千斤的秤砣,一会儿在戏台上讲几句话,一会儿在电影场里讲几句话,有时候还在把式场里和外地的艺人过几句江湖话。总之,有鹅掌在,就没有敢滋事的人。暑假里我们汜河乡举行武术友谊赛,鹅掌就坐在主席台上当评委,三星的奖章和奖杯都是他给颁发的。最后我们参加比赛的许多运动员请他露几手让大家开开眼,他随手拿出一块红砖,用手指头钻了三个窟窿眼,让我们佩服得当场就想死。

鹅掌几句黑话还真镇住了场面,电影场里安静下来,开始放电影。

宽银幕电影真是好看,画面大,看起来就像身临其境。那时候我们要是看一场宽银幕的电影,能炫耀好几天。那天的电影《知音》和《骆驼祥子》看得很过瘾,好多鸟孩子都大喊大叫地学虎妞的那一句:"祥子,我有了,是你的!"场里笑声不断,"祥子,我有了,是你的"这句话此起彼伏。接着是外国电影《虎口脱险》,外国人真能搞笑,差点儿把大家的舌头都笑掉。我们这一群鸟孩子笑得鼻涕眼泪流个没完,捏着大把的鼻涕四处乱抹。

可是,《虎口脱险》放了一半时,放映机里边的两个灯泡坏了,一个是管声音的,一个是管画面的,张心得弄了半天都没弄好,只好让人蹚着大雪到泗河去取新的。泗河离刘天庙有二三十里路,眼下积雪那么厚,根本不能开车,就是骑骡子去也得两个半小时。大家等得都非常扫兴,难免口出怨言。我们这帮人平时说话就头上一句脚上一句的,很不中听,这时候正在兴头上被败了兴,哪里还能说出来一句好听的。恰巧旁边有几个刘天庙的年轻猴,顿时接上茬口,三句话不搭边儿,这阵势就立了起来。

双方还没动手,鹅掌就过来了,一看是我们,就冷笑不已,很不屑一顾地哼了一鼻子:"就你们几个?哼!回家叫你们师傅去吧!"

小春和三皮都是不知深浅的货,马上竖着大拇指牛哄哄地说:"你不就是鹅掌吗?听说你一纵身能蹿上房顶,今儿你蹿一个我们看看!"

鹅掌一听,顿时恼得摔头找不到硬地,手一挥,声若洪钟地喊了一嗓子:"都给我闪开!"

人们顿时闪出一大片场地。

我和三星当时也都傻眼了,站在那儿半天不敢吭声。就在这时候,我们李庄的桂良钻了过来。桂良那时已经娶过绿茵,都有一个小孩了,这种场合一般很少掺和了。他和鹅掌比较熟悉,两个人几句黑话一过,即将发生的群殴改成了"单挑"。本来按规矩开始先由几个次品过过手脚,再由头将过招,可是那天鹅掌省略了这个步骤,胸脯一拍,说:"别耽误大家看电影,你们找个最厉害的,我来跟他玩两手,完了大家还看电影呢!"

我们这一帮都是相互看,很没信心。桂良一年多没和人家动过手脚了,这时候老看我和三星。我和三星两个人都是蹚了几十里的雪路,累得腿肚子还没转过筋儿来,这时候哪敢打架。三星虽然得过全乡的散打冠军,论说这一架该他打的,但在关键时刻他很怵头,老是把我往前推。

我正往后退呢,鹅掌就不耐烦了,一下子就抓住我的手脖子,往他怀里一带,说:"就是你啦!夏天在泜河比武,看你拳脚还算利落,今天赢了我,明天我提着四色礼品去你家里磕头拜师!"

刘天庙的人顿时哄堂大笑。

桂良在我屁股上踢了一脚说:"别推来推去的了!学了五六年了,就见你老打群架,还没见你'单挑'过呢!"

我一看躲不过去了,也就做好挨一顿的准备,心想,三拳两脚一试探我不是对手,按规矩我就往地上一躺,他鹅掌如果再敢打我,那就坏了规矩,接着就是一场群殴。

这边我正想着,那边鹅掌叫了一声,拉了一个张飞大骗马的门户。鹅掌一声大叫是有讲究的,在武术中这叫狮子吼,可以震慑对手。我一听他这声吼,心里反而放开了几分,因为他的声音虽然响亮,但尾音发颤,说明他底气不足。按照我那八十岁的老师傅的说法,这样的拳手头三招一过,一个哑屁就可以吹倒。

果不其然,我和鹅掌一搭手就觉得他不过如此,两手翻来覆去花招飞快,就是击打对手时慢了点。我胆量顿时涨起来,脑袋一热,上边一招何仙姑摇金扇子,下边一招野鸡弹窝,一脚踢中鹅掌的裆部。我也不知道使了多大的劲儿,就见鹅掌飞出几尺远,坐在地上捂住裤裆直"哎哟"。

名震武林的刘国强,外号鹅掌,江湖人称"草上飞",被一个名不见经传的鸟孩子踢倒了,在场的人都不敢吭声。小春笑得直扇鼻子,大声吆气地说:"就这,还他娘的草上飞呢,我一脚踢你飞上天!"

这个半吊子嘴上说着话,没想到他真的上前踢了鹅掌一脚。这下子可坏了规矩,刘天庙的人哪里肯依,嗷的一声大叫,大打出手,一场群殴直打得怪叫声此起彼伏。人们争相逃命,把电影场红砖垒的院墙挤倒几处大口子。

最后,这场群殴打到庄外,实在难分胜负。后来头破血流的鹅掌和被打掉一颗门牙的桂良叫板,说什么明天晚上去你们李庄,滚水泼老鼠,孩娃不留。桂良叫他自备棺材,来一个放倒一个,来两个放倒一双。

第二天,我们李庄的大人小孩没一个敢去刘天庙逛庙会听大戏的。刚吃过午饭,我们的茅根草就敲钟召集全村人,开始研究布一个口袋阵,把刘天庙的人全部生擒活拿。钩叉拐棒流星锤都拿出来了,还弄出几面镋锣,分别让玉玺和大彪子他们几个提着,看着动静就敲镋锣。一时弄得即使不像《地道战》,也像《平原枪声》一样。

结果等到吃了晚饭之后,刘天庙的鹅掌才领着一队人往这边走,打着灯笼手电筒不说,还举着一溜火把,真他娘想得出。刚走到我们村东头,他们那边有一个鸟孩子扯着嗓子喊了一声:"俺刘天庙的人不是来和你们李庄打群架的,我们谁都不找,就找你们李庄的小春!江湖上有规矩,咱们得按规矩来!"

我们这边一愣神,就有几个胆小怕事的开始说一些瓦解斗志的话。

一看有人松懈,小春他爹胖老春不免有点害怕,赶紧对茅根草说:"算了吧,别闹出人命了,咱庄去几个人给人家说和说和。"茅根草气得一摔烟把子,说:"你家小春惹的事,这么冷的天,全庄的老少爷们在这儿给你家挡着,你还在这儿说丧气话!还说和说和,说和个屁!要说你自己去说吧!"

小春他爹胖老春是个有名的三竹竿捅不透气的实诚货,

被茅根草几句话说得一赌气,大步流星地向那边走过去,一边走还一边喊:"我是李庄小春他爹,来给你们赔礼道歉啊!"

我们这边的人一看,一下子都傻眼了,还没等醒过神呢,就听那边一阵子鬼哭狼嚎。我们这边赶紧举着刀枪棍棒敲着镗锣冲了过去。还没等我们跑到地方,刘天庙的人早已落荒而逃。小春他爹胖老春像个血葫芦一样躺在那儿,哭得哇哇叫,大家赶紧架起他来就往泚河医院送。到医院都半夜了,一检查,右腿被打断三截,好像一条三截棍在床边耷拉着。

第二天我们纷纷揣上小攮子,拿上铁叉、兔子枪,正准备去攻打刘天庙,就看见三四辆警车在积雪多厚的公路上往我们李庄开来。我们这帮在腊八晚上参加过刘天庙战役的好汉,一见警车,顿时跑得无影无踪,一直到过年才敢回家。后来这件事也是不了了之。不过,刘天庙那庄的七天庙会,由于这番风波,被镇政府强制性取消了,本来七天的电影黄金周,毛也看不上了。

## 少林寺·比武招亲

我们看到《少林寺》时,这部电影在大城市里都快放烂了。

我们无比渴望看到《少林寺》,也是有原因的。

真是奇怪得很,那时候,绝大多数人家还整天吃杂面饼子抹酱豆辣椒,要想吃顿蒜泥拌鸡蛋,那得家里来了贵客。就这样的状况,还几乎家家户户的孩子都学武术,卖豆子卖鸡蛋,备上四色礼品,到处拜捶匠,学棍棒。无论到哪庄,还都有个武场子。一时间,门派林立,大小捶匠遍地都是。等到后来《武林志》《武当》《南拳王》等一批武打片在我们那儿一放映,我们那儿的习武之风立马达到鼎盛时期。这些片子把我们看武打电影的胃口一下子吊起老高,又听说还有一部更厉害的《少林寺》,而且还是在这些片子之前就有了的,但我们就是都看不到,你说我们有多着急!每一次看电影,我们都急不可待地问张心得,这次放不放《少林寺》呀?有的大队干部把胸脯都拍红了,对张心得说:"给我们大队放场《少林寺》吧,我们多出一百块钱,一百不行我们掏二百!"但是张心得每次都说"争取争取",因为亳州电影公司只有一份拷贝,光城里三家电影院就争得打破头。

　　更可笑的是,那一段时间里,哪哪庄要放《少林寺》的谣言满天飞,没有一次不让人上当的。我们李庄的电影迷都快被这种谣言坑傻了。即使三岁大的小孩,傍晚那会儿一张嘴就说,哪哪庄今天放《少林寺》啦!我们这帮电影迷一听见,马上就回家推上自行车,立即出发。更过分的是,有的谣言制造者还会被自己的谣言迷惑住,见我们像回事似的出发了,他居然按捺不住自己,急急忙忙地跟在我们后边跑。

下边举个很典型的例子。

前边我说过一个人,就是我们李庄那个参加过抗美援朝的复员军人李忠厚,生产队时期他是队长,包产到户以后,时代不再需要他的瞎话,选村民小组长大家都没投他的票,虽然弄得他有点神经病,但也没有改掉他说瞎话的业余爱好。关于《少林寺》的谣言流行那会儿,他没有一天不传播这个谣言的。

有一天,我们这帮人正在村头的河塘边钓鱼,突然看见李忠厚骑着自行车从村西头的公路上一溜烟地回来了,那时候他已经是小六十的人了,能把自行车骑那么快,真让人感到好酷。还没到河塘边呢,李忠厚就一个飞身下了自行车,被自行车的惯性拖得磕磕绊绊的,差一点儿摔个狗抢屎,人还没站定,就把眼珠子瞪得直放光,伸着脖子朝我们吼:"你们几个还在这儿钓鱼呢,今下午泚河文化站要放《少林寺》啦!"

我们都咻咻地笑,大家再傻也不会相信一个神经病的话呀。李忠厚一看我们没相信,急得都快哭了:"你们还不信我的话!我上午给玉环送鸡蛋,看见海报贴得满大街都是!要不是下午我家的老母猪要下小猪,我根本就不回来,说啥我也要看完《少林寺》再说!"

玉环是他大闺女,年前嫁给泚河街上一个炸油条的,前几天回娘家,肚子多大,快赶上她娘家那头快要生的老母猪了。

我们一听这话,哪还有心思钓鱼,就是能钓上来一条活龙也坐不住了,立马回家推出自行车。我们在村头集合时,李忠厚正在水井旁边洗刷自行车,一看我们这阵势,自行车也不洗了,推上自行车就过来了。大彪子问他:"你家的老母猪不是马上要下崽了吗?"他说:"就是下个麒麟我也不稀罕,啥也没有看《少林寺》当紧!"说完,他飞身上车,发疯一样往大路上飞去。

这里需要简单介绍一下我的情况。

当时我刚刚高中毕业,三星和小青都考上大学了,三星考上的是西安交通大学,小青考上的是天津南开大学,我差七分没考上。没接到录取通知书之前,三星还整天和我们一块蹭耳朵,一接到录取通知书,顿时没有人影了,弄得我还以为他提前半个月就去西安等着开学呢。

虽然刚开始那两天我还有点心情郁闷,觉得丢人,但两场电影一看,哪里还能想起什么大学的事儿。再加上曾在刘天庙一招野鸡弹窝踢倒了草上飞鹅掌,我的名声很大,提着四色礼品到我家拜师学艺的挤破头,要不是我父亲坚决阻拦,我都有第三代徒孙了。一开始我父亲很支持我练武术,因为我没考上大学,他就开始竭力反对我练武术,整天鼻子不是鼻子脸不是脸的,趁着气头拿一把菜刀,把我在院子里吊的三十个沙袋砍烂光光的,拐棒竿子三截棍拿锯拉断烧了锅,匕首单刀九节鞭拿给铁匠回了炉,打了一把铁锹一把抓钩,往我面前咣当一扔,说:"不好好上学,你就好好地给我在家戳牛腚眼子吧!"我们那儿把赶牛犁地称作戳牛腚眼子,比较形象,也很有些侮辱的意味。但这些挡不住我名声在外,外庄的年轻猴见了我没有不点头哈腰的,我们李庄这帮年轻猴自然把我当猴头了,一有点什么动静,轰的一声全到我家来,特别是到哪庄看电影,我要是不去,他们就都不去了。

接着说我们去泗河看《少林寺》的事儿。

那时候从我们那儿到泗河还没铺柏油路,都是沙石路,高低不平,我们都把那条路称为癞蛤蟆路,在上边骑自行车,比土路还难受。但我们高兴,心想这次终于能看《少林寺》了,李忠厚要是说瞎话,他都小六十的人了,还会跟着我们白跑这二十多里癞蛤蟆路?而且一路上谁也没他骑得快,好几次把我们这帮小二十的年轻猴撇多远,好像是个领队的。

到了泗河街头了,李忠厚还在兴头上,速度不减丝毫,差一点儿没钻到一辆大卡车下边。进了街道,我们就开始东张西望,结果连半张海报都没看到,街上的人也很平静,哪里像要放《少林寺》的局面呀!都这时候了,我们二十多个人居然没一个起疑心的,愣是跟在李忠厚后边,傻乎乎地往文化站去。到地方一看,差一点儿没把我们气得背过气去:文化站大门上锁,门口一个爆米花的老头子,刚摇好一锅儿,正拿着铁管套住锅把,然后猛一脚蹬在铁管上,就听"轰"的一声,几乎把我们的耳朵震掉了。

娘的,我们这帮人连鱼都不钓了,骑自行车跑了二十多里癞蛤蟆路,屁眼儿磨得直淌黄油,难道就是为了来听这一声爆响? 就是我愿意,大奇和筋头也愿意,大彪子和玉玺他们会愿意吗? 玉玺立刻就对李忠厚叫唤起来了:"我✕你娘! 小时候你叫我们看《战斗英雄白跑路》,现在你还叫我们看《战斗英雄白跑路》! 老老实实,掏出二十块钱请我们喝啤酒,别等我一个扫堂腿过去,把你门牙磕掉再掏钱就来不及了!"

那时候,啤酒在我们那儿刚刚时兴,喝啤酒是很时髦的事儿。李忠厚这才醒过神来,吓得两手扶着自行车打哆嗦,两嘴角直吐啤酒沫,和美国鬼子拼刺刀的劲头早不知跑到哪儿去了,一个劲儿地说:"我看你们都推着自行车跑那么快,我还以为真有《少林寺》呢!"

正闹着,文化站大门旁的偏门开了,出来的是张心得,背着个大行李,一手提着一只膝盖高的黄皮箱,好像要出远门似的。我们一看见张心得,活像抓住了一根救命草,几个人咣咣当当推着自行车,迎头就问:"张心得,不是说今下午在文化站放《少林寺》吗?"

张心得一愣,接着笑了,说:"我今天就调回城里了,还放什么电影呀!"

我们一群人顿时如丧考妣,都傻在那儿,不是因为没看上《少林寺》,而是觉得张心得走了,那谁还给我们放电影?没人给我们放电影,天不就塌了吗?

张心得好像有什么不顺心的事儿,勾着头,背着行李,皮箱好像很沉,他拖着,一步一步地朝停票车的地方去。那时候,路过溉河的票车不多,停车的地方离文化站差不多有一里路。我那时虽然还是个野毛驴性子,但那会儿看着张心得那副费劲的样子,心里还有点不是滋味。一冲动,就冒傻气,我推上自行车对张心得说:"把皮箱放后座上,我给你送过去。"张心得也没说什么,就把皮箱放在我自行车后座上,大奇他们一帮人在后边跟着,吵吵嚷嚷的,居然还都会说几句热情的人话,那阵势好像我们跑二十多里路就是专门来送张心得的。弄得张心得很感动,临上车时还给我们一一握手,说他回到城里还是放电影,如果我们去看电影,他可以不要我们买票。

往回走时,我们也没再看见李忠厚,想必早躲到他大肚子闺女家里去了。当时那心情谁还顾得上他,一路上都垂头丧气的,觉得张心得都走了,这辈子算是看不上《少林寺》了。

俗话说天无绝人之路,这话一点儿不假。张心得走后没几天,我们就毫不费劲地看上了让人备受煎熬的《少林寺》。说起来未免有点荒唐,但没有这桩荒唐事儿,我们这辈子恐怕等到胡子白也不一定能看上《少林寺》。

话扯远了,但不扯远这弯儿还绕不过来。

我们李庄西北角五里以外,有个村庄耿竹园,耿竹园有个老锤匠,业内人称铁头僧,熟人都叫他耿聋子。耿聋子不是一般的人物,据说在襁褓中时就跟着他爹闯江湖,学了十八般武艺,单掌断石板,喉头顶枪尖。等长大以后,他打过黑铁,卖过假药,收了数不清的徒子徒孙,结交了无数的英雄好汉。等我们生下来,长到能赶集卖盐上店打油时,都见过耿聋子,只是与传说中的不一样了。耿聋子逢南集赶南集,逢北集赶北集,在街边铺一块旧床单,上边倒扣两个瓷碗,两个碗之间放三个琉璃珠子,他在床单后边站着,手里一面镗锣,咣咣敲一阵子,可着嗓子吼喊:"都来看,都来看,琉璃珠子变鸡蛋!都来瞅,都来瞅,鸡蛋里钻出狮子狗!"

耿聋子的戏法真是炉火纯青,而且鬼脸不断变化,尽是噱头,也不乏幽默,逗得看客笑声阵阵。你这边笑声一起,他那边戏法打住,拿起一只黄不啦叽的布袋,摸出几粒药丸,开始兜售,嘴里还念念有词:"血脉好似一长江,一处不到一处伤;寒处就生病,血热就成疮。"还有什么"咳是咳,嗽是嗽,有声无痰为咳,有声有痰才叫咳嗽。白痰轻,黑痰重,吐了黄痰就要命"。一口气说完一大套,这才开始卖药:"这是我家祖传六代的秘方,用七七四十九味草药配成,里边没有牛黄狗宝,也没有珍珠人参,净是些不值钱的玩意儿。俗话说得好,偏方能治大病,草药气死名医。我这药不贵,一毛钱两丸,病重的两丸准好,病轻的一丸就得。"

那时候我们那儿还是生产队,大家都还没经过改革开放之春风的洗礼,脑袋瓜儿都不太利落,哪能经得耿聋子的如簧之舌,片刻工夫就把一布袋药丸买个精光。耿聋子比较公平,不让大家白花钱,临了还让他那一对孪生闺女耍几套刀枪棍棒,白送给大家观赏。

我们李庄的人把孪生胞叫作"一对胖胖",男孩叫一对男胖胖,女孩叫一对女胖胖。耿聋子的那一对女胖胖,大的叫大苗,小的叫小苗,抡起刀枪棍棒耍将起来,那真如疾风吹来花浪滚,雨住风消荷花开。我们小时候虽然很着迷耿聋子的戏法,但更迷恋大苗小苗的矫健身手,真希望能一下子把那一对女胖胖全娶到自己家里,天天耍拳脚给自己观赏。尤其是大奇,有一段时间里吃饭睡觉都是大苗小苗不离口,气得他爹三天两头打他,还嘲笑他:"也不拉泡稀屎照照你的人样子,还整天想人家大苗小苗,做你娘的清秋大梦吧!就是给你娶到家里,你收拾得了?吵起架来,人家三拳两脚,不把脸给你揍成花狗腚才怪呢!"花狗腚大奇的爱情梦想不仅就这样被他爹掐死在襁褓中,而且还落下这么一个外号。大奇生下来时右腮帮上一块红记,本来大家都是叫他记脸,没想到这时候他爹又给他换了个外号。现在我们几个一提这事,大奇还气急败坏,说要是现在他爹再敢这样跟他说话,他就毫不犹豫地把他爹的鼻子揍平。

后来我们这帮鸟孩子变成了年轻猴,还经常能看到大苗小苗在街上卖菜,一个掌秤,一个收钱,动作煞是利索。只是我们很少再见到耿聋子了,不过像耿聋子这样有名的捶匠,无论有个什么事儿,在社会上都流传得很快。

现在耿聋子种了十几亩菜,每天除了料理菜园子就是练他那祖传的武功,徒子徒孙遍布亳州以南,每年农历七月十六他生日这天,来给他拜寿的徒子徒孙和江湖朋友,还有周边远村近邻的业内人士,有一百桌都打不住,的还开着小车子。寿宴结束后,还要在耿竹园南地那片打麦场里演练武艺,切磋拳法。要是哪个徒弟能被留下过夜,耿聋子就会在夜深人静时分传授他三记绝招。因此,他的众多徒子徒孙和江湖朋友无不想着法子讨他欢喜,以多得他几招真传。

这样一来,就把《少林寺》弄出来了。耿聋子的一个名叫罗城的徒弟,是区税务所的,偏爱武术,一心想学耿聋子家传套路"武松脱铐拳"中的一式绝招"贴身锁喉手",几年都没得手,这一年他不知道找的什么路子,居然把我们那一带人朝思暮想的武打片《少林寺》弄到了耿竹园。在当时那种情况下,能把《少林寺》弄来放一场,真是给铁头僧耿聋子挣了个天大的脸面。

上午刚得到消息,大奇和筋头他们十几个就来我家找我,高兴得三四个人的褂子都扣错了扣眼。当时我正拿着刀剁青草喂牛,一听说耿竹园要放《少林寺》,右手一偏,把左手大拇指上的肉剁掉一小疙瘩,我居然没觉得疼。大奇还叫筋头回家拿龙骨,给我刮点粉末把手包上,我哪里顾得上这些,就是把整个左手都剁掉了,我也得赶紧穿衣服去耿竹园看《少林寺》呀。

正要出门,一个外庄的年轻猴骑着自行车,咣当一下子停在我家门口,满头大汗的,挎个书包,一抖手,掏出一张大红请帖,朝我们一抱拳,把请帖往我面前一递:"没错,就是你!刘天庙上好手脚!今儿我师爷过生日,派我来请你捧场,劳你大驾给我师爷个面子!"说完,自行车一掉头,咣咣当当骑上飞似的走了。

我早就听说,耿聋子每年过生日,都要通知周围几个村里的武把式,一般都是派人去说一声就算礼节到了,但凡是撂倒过角儿的主儿,都会递上一张大红请帖。不消说,是因为我踢倒草上飞鹅掌这个角儿,才有了这张大红请帖。

我们这帮人都学了五六年武术,业内规矩多少也知道一些,人家来了大红请帖,我们这边就得准备礼物。大奇他们几个高兴得不得了,因为有了这张帖子,不仅大家很有面子,而且都可以名正言顺地去大吃一顿。当时各自回家,一阵子疯跑,每人抓住自家一只老公鸡,十多人提着十几只惊叫不断的老公鸡,浩浩荡荡地开往耿竹园。

耿竹园已经人山人海了,到了耿聋子家,人更多,我们十几个人拎着十几只大公鸡,挤了半天才到了柜上,把帖子一递,十几只老公鸡一交,没想到那个嘴唇比猪嘴还厚的大司仪,居然没把我们当成插枣的大蒸馍,一百多张桌子,他竟敢把我们几个安排到一张靠边的桌子上,弄得我们几个顿时豪气下降八分,眼瞅着大门两边那副"拳打南山斑斓虎,脚踢北海滚蛟龙"的对联,哪里敢说半句风凉话。

等到吉时,大司仪高喊拜寿,耿聋子穿戴得衣帽堂皇的,由大苗和小苗左右架着胳膊,坐在堂屋当门的藤椅上,抱着拳笑眯眯地朝人群打着拱,一边甚是得意地摇晃着他那颗光芒万丈的肥大脑袋。耿聋子这颗脑袋好生了得,有一回串武场时,碰上了茬口,人家露了一手单掌断砖的手艺,他马上拿来两块红砖,给自己一式双风贯耳,两块红砖在两耳边顿时碎如粉末。虽然后来两个耳朵聋了,但从此以后"铁头僧"这个美誉在江湖上比镗锣还响。

按照江湖规矩,由大司仪喊号,徒子徒孙们先行跪拜大礼,江湖朋友再作揖行礼,到了我们的这些业内人士,在耿聋子面前一抱拳也就是礼到了。一时间"福如东海长流水,寿比南山不老松"的祝寿声震得人耳朵发木。

拜完寿,按理说该开吃寿宴了,但那个大司仪却叫住大家,要宣布一件事,大事。那么多人吵吵闹闹的,刚听个开头,顿时鸦雀无声。原来,著名的民间武术家耿从武先生有一个心愿:他的一对女胖胖大苗小苗虽然都不小了,但都还待字闺中,老先生想模仿古代比武招亲的佳话,希望在今天下午的武事活动中能招到如意金龟婿。

现在我想起这件事，还觉得就像天方夜谭，但当时比武招亲这件事在我们那儿不仅风传一百多里，而且传了十几年，弄得一些找不到媳妇的年轻猴动不动就要到耿竹园比武去。我们李庄的大人小孩，到现在还给大奇开心，见面就问："大奇，吃罢饭吗？"大奇就说："吃罢了，咋，有事吗？"人家就说："没大事，咱们一块到耿竹园比武招亲去！"哪一回都把大奇气得嗷的一声仰倒在地。

那次耿竹园比武招亲真是让我们这帮年轻猴开了眼界。

刚开始比武时异常热闹，不仅打麦场拥挤不堪，而且打麦场周边的庄稼地里都站满了人。上场的都是未婚的年轻猴，一个个舞枪弄棒，伸胳膊踢腿，六合棍、七星刀、大洪拳、小洪拳、大四路、小四路、八卦掌、神风拳，看得人眼花缭乱，热血沸腾，蠢蠢欲动。好几次我都想上场，但人家根本不同意，因为我左手大拇指还血糊糊的，不管怎么说这叫刀伤，江湖规矩，一人带伤上场，两人必有伤亡。因此，就是大苗小苗都长得美若天仙，我也只有看的份儿。但是，不一会儿，我就看出上场的那些年轻猴都是花拳绣腿，个个腥货：棍无风声，枪无直线；脚下无根，拳上无眼；马步冲拳时拳冲出去了，但是裤裆松得能过火车；弓步挂肘时肘部挂出去了，但是腰部晃得好像拴了一头野毛驴。

饶是如此，竟然还彩号不断，一会儿下来一个眼被打肿的，一会儿又下来一个鼻子出血的。大奇尤其伤得严重，左胳膊被打得抬不起来不说,嘴唇被打得比那个大司仪的嘴唇还丰满。不过,那是他自己找的,怪不得我们,因为我们都没注意时他就蹿上了场,跑得比兔子还快,到场上一拍胸脯,大言不惭地高声喧哗:"我就要小苗啦!"当时我们这帮人都愣了,心想就他那三脚猫功夫,打个群架还可以拍上几砖头,这当面鼓对面锣的,哪里是人家的对手。果然,场上那个连打下四个人的年轻猴,虽然鼻子还流着血,但也没过三招,就把大奇给收拾成人不人鬼不鬼的模样了。

最后,大苗被一个身壮如牛的年轻猴获得,小苗被一个黑胖黑胖的年轻猴获得。眼看着那两个获胜者被人引到耿聋子面前磕头叫爹,我们的大奇不禁抽泣起来,放下袖头抹着眼泪,还给我说笑话:"要是你不剁住手指头,那大苗小苗一个也跑不了,到时候把小苗分给我多好!"

筋头一边笑,一边还当真似的安慰大奇:"算了算了,天涯何处无芳草,今晚照看《少林寺》!"

那天晚上果然放了《少林寺》,不过是在后边放的,先放的是《月亮湾的笑声》,是一部很搞笑的喜剧片。那个放映员我们都不认识,年纪轻轻的,就是话多,银幕上一出现庆亮这个人物,他就大声吃气地介绍:"这个演员叫仲星火,是咱们亳州人,老家就在大杨区,在咱们中国是著名演员,演过很多电影,下一次我给你们放一部名叫《天云山传奇》的电影,里边还有仲星火同志。"

我们这帮年轻猴虽然不是太喜欢《月亮湾的笑声》,但一听是亳州人演的,顿时觉得了不起,原来我们亳州人也能演电影呀！我们正打听什么时候放《天云山传奇》呢,《少林寺》开始了。

本来《少林寺》是宽银幕的,结果那个话多的新放映员没弄到宽银幕,也没弄到放宽银幕的镜头,只好凑合用窄银幕放,电影画面效果非常不好,银幕上的人又细又长,活像一棵细柳树,但打起来居然还是利索无比,全电影场的观众仍然看得津津有味。特别是那几个和尚的醉棍和醉拳,我们这些武林土包子哪里见过,简直所有的人都被吓神经了。到最后觉远和王仁则的那场对打,让我们这帮人喜欢得差点儿死去。

再说几句离题话,自从耿竹园放了《少林寺》之后,铁头僧耿聋子的徒子徒孙一下子少了三分之二,大多数都打点行装,揣上几千块钱,前往河南省嵩山少林寺,拜那些真正的铁头僧学武艺去了。这真是让耿聋子那个在税务所的徒弟罗城没有想到的,也是耿聋子本人没有想到的。听说他第二年过生日,连大苗小苗两家大人小孩都算数,也就摆了三桌寿宴,羞得铁头僧耿聋子病了好几个月。

## 东方红·一江春水向东流

东方红是我们亳州城里一家电影院,如果不是护送三星和小青去上大学，我这一辈子也别打算在东方红电影院看一场电影。

小青考上大学是理所当然的事，我们李庄所有的人都能接受。但是三星考上了大学而我没有考上，这在当时简直是天理难容的事儿。因为从小学到高中，我们两个都在一个班级，虽然整天野马似的疯，除了看电影就是打架，但临考试之前我随便翻翻书本，哪一次我都考前三名，上台领奖的都是我，弄得校长每次给我颁奖时都是摘下眼镜，用他那昏花老眼猛看我的脑门。而三星基本上没进入过前十名，每次都是摸着我的奖品小眼馋得直淌猫尿。

可是，三星考上了西安交通大学，而我鸭子赶船不搭帮，这世界还有没有排资论辈的秩序了？尽管校长再三要我复读一年，"说不定明年就能考上北大或者清华"，但我哪里受得了半分羞辱，还是收拾铺盖卷回了家。当然，这都是三星接到录取通知书之后的事了。

尤其让我生气的是，三星拿到录取通知书后，我们就是分头把他家里的老鼠洞都翻个个儿，也找不到他的人影了。可是，三星临出发那天，居然恬不知耻地来到我家，要求我送他到亳州去坐火车。和他一块到我家的还有小青，一男一女都穿着新衣服，都比较兴奋，还胡说什么我们李庄就我们三人一块上的高中，这时候去送他们一趟还是很有纪念意义的。当时就是我肯答应，我爹也不肯答应，他老人家正在猪圈里铲猪屎,一听三星说这话,把铁锨咣当一扔,带着两脚猪粪吧唧一步跨到三星跟前,唾沫星子满天飞:"你们两个想得真是好得不能再好了!把你们送到亳州,你们坐上火车咧着嘴上大学去了,剩下一个屁兮兮地回李庄,叫全庄千把号人的舌头忙活三个月是吧!"

三星从来就没有把我爹放到眼里过,就像我从来没有把他爹放到眼里一样,他笑嘻嘻地抹一把脸上的唾沫星子,说:"我们又不让他白送,到亳州我们请他吃牛肉馍,还请他看一场电影!"

我从小到大看了电影无数,周边十几里的村庄集镇都跑遍了,就是没到亳州看过电影。我一听到亳州看电影,哪里还顾得上我爹的脸色,当即穿上衣服就跟他们往外走。结果差点儿把我累死,这两个人带的行李用牛车都拉不完,那架势好像他们要到美国去读书。他们两个都是大学生了,使唤人是天经地义的,把两三个重箱子都让我拿着,自己拿着轻东西,并排走在前边,有说有笑,一唱一和,哪有我说话的资格。我背一个箱子,两手各提一个箱子,他们都没说换我一下。好歹坐上票车,我找个座儿赶紧睡着了,他们两个哪有睡意,都在兴头上,一会儿谈论憧憬,一会儿谈论理想,一路说笑到亳州。

到了亳州下了车,在路边把行李包裹一放,三星命令我在那儿看着,他和小青跳上一辆三轮车,好像一对新婚夫妇似的,很浪漫主义地直奔火车站。我在那儿傻乎乎地等到地老天荒,那一对新人才回来,结果没买着当天的火车票,他们都很懊丧。我虽然没考上大学,但脑瓜子还是比他们聪明的,一看他们那样子,就知道他们的懊丧是装给我看的,说不定他们是商量好的,就是不买今天的票。再仔细扫一眼小青那粉红水嫩的脸蛋和白白的脖子,又看看三星那张灶王爷似的锅底脸,一琢磨他们今晚还要住旅馆,我心里就苦涩不堪。但这话哪能对两个大学生说,一说出来他们肯定不会再请我吃牛肉馍,更甭提到东方红电影院看电影了,那我的物质生活和精神生活如何才能得到满足?

平时三星每逢大事必问我,考上大学还没上呢,就学会自己拿主意了。他兴冲冲地带着我们一口气来到前进旅馆,让我和小青在门口等着,自己跑到里边登记好房间,也不请我到房间看一眼,就让服务员把他们一堆行李拿进去了。小青还给我装傻,站在我对面还鼓励我一番,让我复读一年,争取考上南开大学,成为她的同校好友。我哪里理她这些,瞄着她那细弱的身体,非常担心她如何熬过这一个漫漫长夜。

我们亳州的牛肉馍是天下名吃,我一口气吃了三斤,又喝了两碗甜稀饭,弄得三星很惊愕,拿着筷子直敲盘子。吃完饭,我们就去东方红电影院,很抱歉,电影当然有了,但是老片子,《一江春水向东流》,我们早就看过。我一看海报就非常沮丧,心想我给人家当脚夫似的扛着几个大箱子,跑一百多里路,就为了看一场《一江春水向东流》呀! 但当时的局面哪是我能左右得了的,三星连招呼也不打就把电影票买了,而且三张票有两张是联座,一张是靠边的,中间隔了四五个座号。有什么好说的? 小青还假客气一番,非要靠边的那张,就是三星同意,我能同意吗? 靠边那张命中注定是我的,市长来了也抢不走。对了,好像那会儿我们亳县已经晋升为亳州市了。

那时候,我根本不能理会《一江春水向东流》的精细之妙处,坐在那儿看着沉闷的银幕,还一个劲儿地纳闷儿,心想城里人真奇怪,我们乡下人都是喜欢看新电影,他们又开始看老电影了。看到张忠良搂住素芬的肩膀在窗口看月亮时,我情不自禁地朝三星和小青他们看了一眼,他们两个都斜着身子,一个长头发的脑袋,一个短头发的脑袋,依偎在一块儿,就像并蒂西瓜似的。我甚至在心里还听到他们的对话:你看到月亮旁边的那颗卫星了吗? 看到了。你知道那颗卫星是谁吗? 我不知道。那就是我。你就是那月亮。我会是月亮? 在我心中你就是月亮。真的吗? 真的。但愿我们能永远在一起,同甘苦,共患难,生生世世都这样好,生生世世都这样幸福!

哦,呕吐,真肉麻呀。

我好像屁股上长了疮,坐不安定。一直等到张忠良开始堕落,在纸上画美人,乱写什么"毫无勇气干个屁,她的眼睛太神秘"时,我终于坐不住了,自己一个苦命人儿悄悄地出来。

外边太阳一照,心里忽然有些失落,想起张忠良那副样子,就到电影院旁边的烟摊上买一盒带过滤嘴的玉簪牌香烟,坐在电影院门前的台阶上抽。真是奇巧,一支烟才抽一半,就看见张心得骑着摩托车在台阶前停住了。张心得从摩托车后座上刚提下片盒子,一眼看见我,热情得不得了,握住我的手一个劲儿地摇。

原来,张心得从我们溻河乡回到城里后,被分到东方红电影院,新人,领导让他专门负责跑片子,先锻炼一阵子才能当放映员。张心得问我怎么有空跑到城里看电影,我一说情况,他还拍着肩膀劝我:"条条大路通罗马,考不上大学也不是说就没有出路了。"我听他说话怪入耳,就掏出香烟给他一支,他也没客气,拿我的烟头点上火,抽着烟说:"我在你们溻河乡放了几年电影,对乡下还比较了解,农村青年基本上也就两条出路,一个是考大学,一个是当兵。我看,你就当兵去吧,像你这考大学只差几分的,到部队就能考上军校。"说完,提着片盒子就往里边走,快进门了,他又回头对我说:"哎,小伙子,回家想想,想好了来找我,我二哥在武装部。"

我当时也没把张心得这话当回事,还坐在那儿抽着烟等三星和小青他们。后来越琢磨越不对劲,看完电影他们就去住旅馆,我住哪儿呀,他们住完旅馆就去上大学,我又去哪儿呀。这么一想,心里就乱糟糟的,哪还有心情等他们,烟头往台阶上一拧,站起来拍拍屁股,直奔汽车站去了。

没想到我这拍拍屁股一走,再见到他们两个时已经是几年之后了。

真是奇巧得很,那年我当兵居然到了天津,虽然知道小青就在南开大学,但当时哪有心思找她,部队许多新鲜玩意儿已经让我穷于招架,一些往事在我不怎么发达的脑袋里早已如烟云般消散了。不过,奇迹会经常出现,到末了我还是见到了小青。那时候我已经当两年多兵了,在部队尽管成了著名的老油条,但部队领导还是决定让我考军校。我当兵时老毛病还没改,一有空就跑出去看电影,加上部队对门就是一条美食街,一到星期天我还常常溜出来吃东西。

那天我和一个战友在一家小吃铺正在吃天津的名小吃"驴打滚"和"耳朵眼",无意中一抬头,就看见小青和一个男的进来了。我那时候还是年轻,遇事沉不住气儿,站起来就叫小青,没想到小青一下子没认出我,看我半天才恍然大悟似的对我点点头,招招手,好像没有过来和我说话的意思。我一看那个男的,那情形不用多说。不过我还是要说说那个男的,细高个子,几乎比小青高一半,戴个没框的眼镜,一看就是个有学问的人,见我招呼小青,他还瞪着眼珠子看我好儿眼。接着,他们走到一张离我们很远的桌子前坐下来,小青还背对着我点菜。我那个战友也是个爱夸张的,笑得口水好像鸡拉稀。我哪里还能安如磐石坐在那儿吃东西,立刻面红耳赤走了。从那以后,这一辈子都快过去了,我也没再见到过小青。

后来我见到三星,把我见小青的事儿一说,三星当时还有点心不在焉,伸出长大的舌头,好像狗舔鼻子一样舔自己的鼻子尖,听我说完了,也没对此作出什么评价,把两手一摊肩头一耸,拿出好似香港人的口音,模棱两可地说了一句:"没多大意思啦!"

三星毕业后被分到我们亳州一中教书,也学会了抽烟,穿西装打领带,还混了副金丝眼镜,搞得好像个经常到全国各名牌大学开讲座的著名教授。我从当兵到军校毕业都没回过家,一直到参加工作两年后才回家,这期间风云变幻人世沧桑,我到亳州一中去找三星,乍一见面,差一点儿错把他当成电影里的人。

三星老婆和小青的个头差不了多少,精瘦,风干得猴一样,但两只眼珠子很胖,还罩着一副无框眼镜,厚得气死啤酒瓶底子,朝你一看,你心里肯定会想:这女人的眼睛怎么是这样的呀,真吓人。

当时三星正在感冒,还比较厉害,说话好像捏住鼻子似的。他老婆一边给他熬姜汤,一边说药吃了一书包,生姜都熬八斤了,这点感冒还是不见轻。我就给她打哩嬉腔,说:"你陪三星到东方红电影院看场电影,别说这点感冒,就是他一百年的阳痿都能治好。"三星的老婆笑得直流眼泪,取下啤酒瓶底子一个劲儿地擦胖眼珠子。三星一听看电影,立马来劲头了,叫他老婆出去弄几个菜,再弄几瓶酒,说什么也要和多年不见的兄弟痛饮一番。他老婆非常热情,梳了几把头,提个袋子出门吓人去了。

一上酒桌子,我和三星哪里还敢说小青,就一个劲儿地说小时候看电影的事儿,根本不需要添油加醋,就把他老婆听得呷呀不断,哭笑无常,好像金鱼儿得了癫痫病。本来说不多喝,可是一说起小时候看电影的事儿,三星哪里还管什么感冒不感冒,三个人都按不住他的手脖子,一个劲儿端着酒杯往嘴里倒,他老婆一阻拦他,他就吼:"我们兄弟看电影那会儿,你在哪儿呢!没事儿一边晒蛋去!"一开始他还能找到嘴,接着就直往鼻孔里倒,最后喝得两个鼻孔哗啦啦直淌血,一下子嘟噜到桌子下边去了。我和他老婆赶紧就把他往医院里送,吊了一夜水,他都没睁眼。等到一睁眼,看见我还在他床边守着,也没什么客气话,只管摇摆着那只扎着吊针的手,笑眯眯地说:"小时候看电影真过瘾,一想起来我还能再喝三斤。"

那年是我第一次回家,刚到村西头,第一个碰见的就是小春他爹胖老春,当时已经是夕阳西下。八九年没回家,我们李庄发展变化很大,在夕阳之下,显得金碧辉煌,花团锦簇,很是打眼。我拖着一只大皮箱,正吃力地拐向村庄的小路,一抬头,就看见小春他爹胖老春,在一个大麦秸垛前站着,架着双拐,正四下卖眼光儿。因为当初溠河医疗条件很差,小春他娘又怕花钱,几耽误,再转到县城人民医院时已经晚了,胖老春那条被刘天庙的人打断三截的腿没保住,从膝盖以下截掉两截,好了以后,一直架着双拐,我们李庄的人根据《烈火中永生》这部电影,给他起了个外号"双枪老太婆"。事隔多年,再见到他,我心里还有点儿愧疚,大老远地就招手喊他:"三老头,你看谁回来了!"他脖子朝前一伸,一看是我,眼皮也不再抬半下,一转身,架着双拐,叭叭叽叽地捣着地,一边去了。

# 武人别传

## 书帽儿一小段

从前,我们亳州市还叫亳县的时候,习武之风流布乡下。那时候,我们那儿还很穷,除了逢年过节,平常吃不上一个白面蒸馍,偶尔来客了炒个青菜,也只是用筷子往油瓶里插一下,拔出来往菜锅里滴几滴子油。饶是这样,家家户户都还要想方设法让自家孩子学点武术,大人们那上劲儿的架势,仿佛自家孩子学了武术日后准能考上武状元。不过,需要说明的是,在我们那儿学武术不叫学武术,叫学捶——这两个字,我刚才翻遍词典找遍《辞海》,也没弄清楚这样写对不对。但那时候在我们那儿,只要一说"学捶",大人小孩都知道是学武术的。

我学捶时也就是个十一二岁的鸟孩子,而我拜的师傅都八十多岁了。在这儿我不能说他老人家的名字,捶匠行里规矩多,最讲究的是师道尊严,入了门那就是师徒如父子,子不言父名是古来老例。虽然快三十年过去了,但现在一想起师傅的名字,我就紧张出尿儿来,纵使我斗胆说出他老人家的名字,说之前我也要冲他老人家仙逝的方向先磕三个响头。这么说吧,想当年,我师傅的名头很响,在亳县以南提起来就像平地惊雷,有好多次我进了外村的学捶场子里,只要一报我师傅的万儿,根本不管我一个十几岁的鸟孩子抽不抽烟,马上就会有人过来给我递烟,上茶,请座,弄得我像个武林高手一样。

可以说,当年我师傅在我们那一带就是一个传奇。没学捶之前,傍黑在麦场里听大人们讲故事,说的大多是我师傅怎么行侠仗义,怎么蹿房越脊,怎么脚踏荷叶在河面上行走如飞,怎么摘梨子不用梯子,一招狸猫上树就把梨子摘了,等等。这些说的都是我师傅轻功好。还有一个例子说明他老人家轻功真的了得:年轻时他每年春上都要种几亩大蒜,等到夏季收了大蒜,他便每天挑上一担大蒜到亳县卖给几家饭店。从我师傅那庄到亳县有一百二十里左右,他老人家每天夜里鸡叫三遍起身,洗漱之后,挑上两百五十斤大蒜赶往亳州,在天拢明时准准地到了城里。他老人家之所以选择深夜行走,主要是怕白天施展轻功惊吓了路人——如此神奇,我当然没有亲眼见过,这个逸闻是我听来的。

我师傅不光功夫好,而且年轻时说过大鼓书,嘴头子溜儿快,讲到顺口处,一说就是个把小时——这个是我多次见识过的。每次在教我们拳脚之前,他老人家总是先来上这么一段:说啥英雄气短,讲啥儿女情长,都只是醋话儿一箩筐。眼跟前只说那一条齐眉棍,横竖在山河中央,只打得天下都姓了赵,他做了大宋的开国帝王。三句歪诗说罢,四句闲词道了,接下来咱们书归正本。

好,咱们书归正本。

## 秃子巧卸胳膊

我师傅那庄叫高老庄,在我们李庄东南角,左右也就五里地。我们庄东头有一条乡村公路,路两边都是蹿天杨树,顺着这条乡村公路走上四里半地,朝东拐个小弯,再走半里小路就到了高老庄。

那时候没有双休日,每周六傍晚,东西庄前后村的五六个师兄弟放了学之后,都在我们庄东头集合。我们庄东头顺公路开了一条河,叫流粉河,靠村头有座石桥跨过流粉河连接上公路,这座石桥就是我们的集合之地。之所以在这儿集合,因为这是我们的师兄宝扇定下的。宝扇是张油坊那庄的,他庄和我们李庄地头搭地头,就是说,两个村庄的田地边挨边,离小桥这儿也很近,所以宝扇说在这儿集合,我们大家就得在这儿集合。

宝扇当时也就是十六七岁,早就不上学了,按我们那儿的叫法,他这年龄基本上也算是年轻猴了,况且已经跟师傅学了四五年捶,在我们方圆几个庄也小有名气。别看宝扇平时说起话来吐口唾沫钉颗钉,但每次集合他总是最后一个才到。我们这帮鸟孩子,大一点儿的也就十四五岁,只有我小两岁,我们总是先到这儿,坐在桥上等宝扇。等宝扇时大家也不闲着,他们大一点的鸟孩子,胎毛刚刚褪净,就像模像样地抽着烟,论说着拳术,一旦谁和谁掰扯不清了,两个人还要拉出架势走一趟拳,也就是说亮几手服服对方。这几乎成了一大景,弄得每周六我们李庄下地干活晚归的老少爷们儿,扛着犁子牵着牛,围在旁边一看就是半天。后来犁了一下午地的牛都等急了,哞一叫一声,又哞一叫一声。这时候,宝扇才叼着烟,半旧的球衣搭在肩膀上,摇摇晃晃地赶过来,先是冲围观的老少爷们儿一抱拳,然后冲师弟们一挥手,于是,我们这帮鸟孩子赶紧冲上公路,浩浩荡荡地奔向高老庄。

插一句,因为后边我讲的基本上都是我们这帮师兄弟的故事,所以我先在这儿把几个主要人物的名字介绍一下。宝扇大家都知道了,且不说。还有刘庄的双胜和保国、康寨的拐弯、周庄的治安和三义。都是小名。就这么几个人,我现在一写他们的小名儿,他们当年的那副鸟样子就忽地一下跃进我脑海里。

接着说我们这帮鸟孩子上了乡村公路。

在路上这帮鸟孩子也不好好走路,双胜朝左边的杨树上叭叭几掌,保国朝右边杨树上哐哐几脚;接着,双胜和拐弯又相互撞肩膀使招数。双胜把拐弯打倒后拔腿狂奔,拐弯翻身跃起一路狂追,三义和治安就在后边吆喝狗撵兔子一样,疯追上去。他们几个就这样疯跑一路子,中间还夹杂着鬼哭狼嚎般的怪叫。我也跟着跑,不幸的是,他们那帮大孩子跑出汗了就把衣服一脱,全让我拿着,谁让我是最小的呢!虽然携着一堆驴皮,虽然追不上他们,但这也不影响我飞跑。说实话,这种飞奔让我受益匪浅,为我当兵后五公里拉练每次都跑第一打下了坚实的基础。后来我每次探亲回家,都要到这条乡村公路上走一走,想一想当年我们这帮鸟孩子狂跑滥追的情景。当然,现在那条公路两边的蹿天杨早已被砍伐殆尽,连个树芽也没有了,而那条原本漂漂亮亮的乡村公路,也已被岁月蚕食得像一条腐烂的猪大肠。

宝扇在路上是比较沉稳的,从来不和那帮鸟孩子打闹,只是叼着烟大步跟在我旁边,不管我跑多快,一扭脸他还在我旁边,好像我的影子,又好像我的随身保镖。有一次我问他这是啥原因,他傲慢地说自己不过施展了一点点轻功,接着又不屑一顾地骂我:"鸟孩子,你懂个鸟毛!"接着,又连上前边的话题,继续问我,你们李庄双成他姐说好婆家没有——对了,那时候我携着一堆驴皮追赶前边疯跑的驴驹子们时,宝扇跟在我旁边,句句问的都是这个话,你们庄那个谁的姐说婆家没有,那个谁的妹妹和乡长的侄儿拍屁股拍成了没有。当年,我们那儿把自由恋爱称为拍屁股。

我那时候哪里知道宝扇问这话啥意思,就把所知道的一五一十说给他听。宝扇每次听了都很高兴,快到了要下公路拐弯时,他便手指头一弯曲,插进嘴里打一声呼哨,前边奔跑的几个人便像通人性的猎狗一样,呼啦一声都围过来。宝扇开始骂他们:"以后谁的驴皮谁自己拿!别欺负老帮,看人家小咋的?我要是再看到谁把驴皮让老帮拿,小心我一招分筋错骨,抓崩鸟孩子的驴蛋子!"宝扇几乎每次都要这样骂一场,其实每次都没有作用,下一次我照样携着一堆驴皮奔跑,不过心里很得意,觉得宝扇对我真好,谁让我拿驴皮他就骂谁。哦,对了,我的小名叫帮助,因为我是独生子,乡亲们无论老少,都尊称我"老帮"。

每次我们来到师傅家,都赶上他家刚做好晚饭,杂面蒸馍也刚住火,还在锅里焐着暄着。师傅家房子很多,院子很大,但他家里人口也不少,虽然师母过世得早,但还有四个闺女三个儿;闺女虽然都出门了,但把七八个孩子又送娘家来了;三个儿子都没分家,除了二儿子在亳县卷烟厂上班,三儿子在涅河中学教地理课,这两个不常回来,他家常驻人口也差不多有二十口子。当时,这在我们那儿,算是大家大户了。所以,师傅家吃晚饭的场面摆得很大,当院一条矮腿长桌子,两边各一溜小板凳。师傅理所当然坐在上首的桌头,嘴里咬着一尺半长的旱烟锅,手托烟杆紧着抽两口,然后把烟锅取下来,一顺手往桌腿上连磕三下。于是,宝扇赶紧过去点着马灯,挂在厨房檐下;三个儿媳妇呼唤着一家老小,齐刷刷地坐过来——这就是说,开饭了。

开饭也没有我们这帮做徒弟的份儿,太遗憾了。除了逢年过节我们扛一篮子四色礼物到师傅家,才能上桌子夹几筷子菜,平时我们来学捶,除了喝口凉水,一根面条子也没吃过。但就这,师傅一家吃饭时你手脚还不能闲着,你得打水换缸,你得铡草,你得喂牛,你得伺候鸡鸭鹅兔,你得在院子里找几根小草拔一拔,就是啥活儿都没有,你也得找出个活儿干干。这是做徒弟学捶要守的规矩,也是当师傅的在考量你有没有眼色,勤快不勤快。我那时候年龄小,打水铡草喂牛之类的活儿根本就抢不着,只好站在饭桌一边,等谁吃完了赶紧给他盛饭去。有一次师傅家炖了两只鸡,一次没盛完,还剩半锅汤,我等桌上的鸡吃完,汤盆刚干净,就赶紧端着空盆去盛汤,结果盛得太满了,淋了一手油花子,我咬紧牙关把一盆热汤放桌子上,这才觉得手烫得像煮的一样疼。我一看双胜正在压水井那儿压水,就赶紧去洗手。结果被双胜一把抓住了,几步拽到大门外,像条狗一样,吧吧唧唧把我的手舔了一遍。

师傅吃完饭也不是马上就教我们,而是按照他老人家俭省节约的老规矩,师兄宝扇先把马灯熄了,还得赶紧把太师椅搬出来。师傅端坐好,开始喝茶水。这时候,我们这些徒弟在他面前的黑影里开始站马步。师傅慢腾腾地喝足了茶,才换个坐姿,斜坐在椅子里,一条腿架在椅子扶手上,啪的一拍膝盖,这就开书了:说啥英雄气短,讲啥儿女情长,都只是醋话儿一箩筐。眼跟前只说那一条齐眉棍,横竖在山河中央……诸位看官先生,诸位看官太太,你们暂且端坐一厢,听俺说书人哑喉咙破嗓子说上一段大宋英雄传……

就这样,师傅一口气能说个把小时,而我们这些徒弟就那样在黑影里一直扎着马步,直站得膝盖发麻,腿肚子转筋,哪还有心思听他讲啥赵匡胤千里送京娘。直到师傅过足了说书瘾,把架在椅子扶手的那条老腿放下来,又一拍膝盖,宝扇赶紧收了马步,跑过去先把师傅的烟锅装好点上,再把马灯点上,我们这才能活动几下快僵化的胳膊腿。而这时候,师傅的大儿子,也就是我们的秃子大师兄已经穿好了短打,扎好了红腰带,戴好了帽子,就是说,我们得立即练习踢腿,做一些学拳前的活动了。

没错儿,虽然我拜的是师傅,也是给他磕的九个响头,但头两年几乎都是他的儿子教我一些拳脚棍棒。师傅的大儿子五十多岁了,师傅还整天"春光春光"的叫他小名。我们表面上称他大师兄,背后都叫他的外号"秃子",因为他小时候一头疤癞,驴啃的一样,到五十多岁了也没有长几根毛,他索性剃个光头,春夏秋冬头上离不开一顶黄军帽,就是教我们拳术棍棒时,也倒扣着黄军帽。

尽管秃子头上不成体统,但他武功高强,每次我们去学捶,都是他教我们。我们那个快八十岁的老师傅,根本不动手,几乎都是坐在太师椅上,一边抽烟锅,一边斜眼看着我们练,谁要是哪招式走星点样儿,他嘴里就会"喊"一声,轻蔑又嘲讽。于是,老师兄秃子就会过来给我们纠正,三遍改不了,他还下狠手教训你。我被教训过无数次,虽然每次教训的手法相同,但每次教训都让我终生难忘。记得第一次,我一式云手摘月做了三遍也没做好,秃子马上急了,他过来左手一翻叨牢我的右手腕子,他右手拇指和食指中指像扁口钳子一样,钳住了我右臂上的二头肌,猛地一拉一松,活似闪电。眼看着我的二头肌那儿起了一道鼓丘,活像豆虫一样翻滚着消失在肉皮下,我只觉得一条胳膊又酸又疼又麻,说不清啥滋味,心里气急败坏到了极点,真想伸手把秃子的帽子打掉。当然,我哪里敢动秃子的帽子,只是一溜烟地跑进茅厕里,撒了一泡痛苦无比的长尿。

秃子不光教训我用这手,教训宝扇以下等人也是这手,就是教训阎王爷我估计也是这手,而且谁都脱不了这手绝技。这叫啥招到现在我都不知道,但那滋味我下辈子也是忘不了的。你们要是不相信,刚才我把手法已经细说了,大家可以自我示范一下,使点劲儿,体验一下会有收获的。总之,秃子这手给我们留下了烙铁一般的印象。我们受了这种教训,不以为耻反以为荣,在学完新套路回来的路上,说起秃子这一狠招来,个个都是津津有味的。只是我们每次说这一神奇绝招时,宝扇却在一边冷笑不已。

我们看得出宝扇不服,但谁都没有想到他会向秃子突施坏招。

有一次秃子教我们单刀破长枪,先教了开头式:甲持枪一招金蛇吐信,直刺乙面门;乙手持单刀,看枪来到,一招乌云遮月把枪尖拨向一旁,接着快速上前一步,顺势回手一招拦腰斩。就这么简单的一招两式,治安就是学不会,他和双胜对阵,总被双胜的长枪刺中眉心,幸亏双胜手里的长枪是木棍扮演的,要是个真家伙,恐怕治安的脑袋早成钻了好几个眼儿的水罐子。秃子过来纠正了三遍,平时聪明得老猴精一样的治安就是做不好,秃子气得不行,竟忘了掐治安的二头肌,因为他是个少言寡语的性格,又不会骂人,只是发狠般一跺脚,叫宝扇拿真家伙来。宝扇马上跑进东厢房——那里边摆放着师傅的十八般兵器,我们都称之为武器库——拿出一把单刀,一把缀着红缨的长枪。

秃子接过单刀,让宝扇和他对招拆解,一边挥刀朝治安鼻尖上一点,嘴唇哆嗦半天,才说了一句气话:"瞪大你的猪眼!"说话间还没有拉好门户,宝扇这条长枪就刺了过去,饶是秃子闪得快,枪尖还是把他的帽子挑了下来,一个秃光光的宝贝玩意儿露了出来。照现在的网络话说,就是走光了。

我们几个小徒弟在一边,哪里敢龇牙一笑。秃子当时气得要死,只见他手腕一翻,一片刀花一轮闪电,就听宝扇哦哦哟哟哟哟。我们以为宝扇这回准被劈成六块,结果叫声一停,我们看到宝扇还是囫囵的,只是长枪落地,双手相互抱着胳膊肘,好像两只前爪中箭的狗一样,在那儿转陀螺。

我们吓得两股战战,满脸怯色,额头汗珠子滑到鼻子上。正不知要受什么惩罚,只见旁边我们师傅坐在太师椅上连个姿势都没换,就那样耷拉着眼皮说风凉话:"贼心出贼手,断他五指;功夫不到家,丢人到家。接着练!"我们一听顿时如释重负,因为那时候我们虽然都还缺个心眼,但还是听得出师傅不光骂了宝扇,还嘲讽了秃子,真是大快人心。

我师傅的大儿子秃子大师兄有点说道,在这儿我趁空说说他。

白天看秃子,你会觉得他有几分儒雅,白白净净的,根本不像个庄稼人。事实上秃子也只能算半个庄稼人,因为他是我们这一带有名的兽医,就是农忙季节,他也经常骑辆"大金鹿"牌自行车,背着药箱,东西庄南北村给人家的牲畜看病。他那辆自行车,除了一个车架,两个轮子,一条链子,别的零件一律没了,很合乎他的光头风格,虽然他戴着那顶已经在头上扎了根的军帽。秃子给牲畜看病手段高明,就是猪得了脑震荡,牛得了失心疯,他基本上都能手到病除,因此大家都很敬重他,到哪庄人家都尊称他"春光老师"。

别看春光老师——唉,还是叫他秃子吧。别看秃子平时少言寡语,人场里像个石磙,千斤重压也没有一个哑屁,但只要说起猪生病牛长癣来,那真像十冬腊月刮小北风一样。尤其是说起武术,秃子一张嘴更是滔滔不绝。什么脚是两扇门,手似看门神,门神一斜眼,开门踹死人。什么练武不练功,到老一场空。什么拳是眼,功是胆,有眼没胆是瞎眼。什么枪扎一条线,棍打一大片。什么绳鞭难防似牛虻,三截棍子是流氓。等等等等。

说完了这些口诀一样的顺口溜,秃子还要总结,说武术的最高境界是不讲招式的,达到了一定的境界,那是手脚随心到,出招见奇效。看着,这俩手在背后,左脚在前,右脚在后,丁字步一站,你来进攻吧——得,谁也别上当,你进攻他一招就打傻你。

秃子最能展示口才的还不是这些,而是面对他屋里墙上挂着的那几张人体解剖图、局部解剖图,给我们讲起这个,那基本上不把我们说傻,也把我们说疯。有时候秃子讲得兴起,会随手抓住一个人比画,真是要命。有一次他顺手抓住了我,一边比画,一边拿起一颗小钉子,夹在中指缝里,左手大拇指按住我的顶门骨,夹着钉子的手一扬,说:"我手一翻,把钉子从这儿拍进去,哎哎哎,你就成了植物人,整个你就报废了!"吓得我脊梁沟里一阵子冷汗,脚下哪里敢动半步。

那时候虽然我们的大脑还没进化好,但我们也感到了秃子非常厉害,明白他挂着那些图片不是为了更好地当个兽医,而是为了得到武术的神髓。

有一天,秃子正在屋里又像个老师一样,指点着那几张解剖图,第三次给我们讲析下颌骨的结构,突然来了几个蹚水摸招牌的——这是江湖话,就是来试招的,说白了就是找上门来较量较量的。

那一天正好是中秋节,宝扇带着我们这一拨小师弟给师傅送月饼,因为节前几天师傅家来的徒弟多,我们排不上号,只好过节这天来了。师傅很高兴,怕我们在他老人家面前拘束,就让我们到秃子屋里坐,秃子就着机会一个劲儿给我们讲下颌骨。秃子正讲解一招天王托塔把下颌骨摘下来,人家滋事的就来了。师傅当时正坐在院子里喝茶抽烟锅,人家来了他没叫我们。我们听到院里有人说话茬口不对,赶紧一溜烟出来了。宝扇慌张得一手抄起墙边一把单刀,被秃子一瞪眼,又放那儿了。

来者是太和县坟台区的,大名叫柳江虎,江湖人称"震坟台"。坟台离我们这儿也就四十多里地,虽然我们都没见过柳江虎,但我们早都听说过,他自称拳打太和以北,脚踢亳县以南。眼前看到这个牛×筒子柳江虎,我们也觉得这鸟人长一副欠揍的样儿,打扮得也像欠揍的打扮。他三十郎当岁,五短身材,翘着腚,挺着胸,一看就是抓地虎的身形,想必两膀力量不小,下盘功夫也有几分。狗养的还戴着墨镜,也就是那时候在我们那儿所说的蛤蟆镜,背后还跟着两个膀大腰圆的年轻猴,说是他之所以带两个徒弟,是以防他失手躺下了,好让那两个骡子驮他回去。说了,一指两个徒弟——他们一人手里一块月饼——说趁着八月十五,给老把式送两块月饼,顺便问问老把式,他"震坟台"拳打太和以北,脚踢亳县以南,老把式有啥意见没有。话说得很漂亮,但意思很缺德,什么两块月饼,那是让你脚踏风火轮,送你上西天。

  我师傅当然明白其中的含意,他老人家都没动一下坐姿,托着烟锅让秃子把地图拿来。那张安徽省地图我们都见过,是师傅那个在涒河中学教地理的三儿子带回来的,师傅没事时,老是对着地图说他年轻时到过哪儿,没到过哪儿。秃子拿出地图,师傅用冒着烟的烟锅在上边比画了一下,这才"喊"了一声,说:"个小舅子!地盘不小哩!我说年轻猴,你拳打太和以北我不管,你要是脚踢亳州以南,那可不中,我这个老不死的家就住在高老庄,好歹我也是个亳县人啊!"柳江虎哧的笑了,说:"那咱只好摸摸了!"摸摸是行话,就是要较量一下。我师傅慢条斯理地说:"那得摸摸!只是我年纪大了,轻重把握不好,万一手上没准头,你这么年轻,我咋对得起你媳妇孩子一家子?你是来摸我的招牌,和我这几个徒弟没有关系,我又不能动手,只好让我儿子和你蹚蹚水了!我这老大儿子和你爹岁数也差不多,还请年轻猴你手下留情哩!"

别看我师傅这几句话说得颠三倒四的,可话里嘲讽挖苦都有了,还把是非恩仇都摘利索了:一旦你柳江虎挨了打,可不能找我的徒弟寻仇解恨。

我师傅话音刚落,柳江虎便拉了一个燕青小扑手的门户,我们的大师兄秃子也只好上了场。虽然那时候我已经学了三年捶了,师傅关上堂屋门也亲手教过查拳和大洪拳,还手把手拆讲过三十多招,但老实说,秃子和柳江虎过招我还真没看明白。当然,主要是他们过招太快,结束得也太快,所以我在这儿就无法细说了。

不过当时,我看到的情况是这样的:两人手一搭,我眼前一花,就听柳江虎哎哟一声,秃子站在了他左边,柳江虎又哎哟一声,秃子已经到了一丈开外。这时候,就见柳江虎两条手臂活像蔫丝瓜一样,耷拉在身子两边,那样子大家都明白,两条胳膊给卸掉了。那两个膀大腰圆的年轻猴一看,扑通一下给我师傅跪下了,又磕头又作揖的。我师傅这才慢腔细语地说:"天高地大,少说狂话;学捶练武,不为打架为了啥;可是有一条,上不欺我,我不欺下。春光,给他安上吧。"秃子过去抓住柳江虎的双手,一拉一送,柳江虎叫了一声亲娘,两条胳膊又长身上了。接着,他驴脸像蝎子蜇了似的,走到我师傅面前,长长鞠了个躬,又从两个徒弟手里取过两块月饼,各咬了一口,嚼都没嚼就咽了下去,吞下了自己的狂言之后,抱着两块缺口月饼,带着两头骡子,无比羞愧地走了出去。

上述这件事,是我在师傅家学掴期间目睹的最精彩的一件事,我很喜欢,所以在这里讲出来过过嘴瘾。而且这件事也给了我们很大的教训,从那以后,宝扇和我们这帮鸟孩子从来没有主动惹是生非过,更不要说去摸人家的招牌了。

总之,我在师傅家学掴的故事多如牛毛,有意思的故事也好比繁星,如果给我说话的场合,那我一准会像秃子讲解人体解剖图一样,能把你说傻。但是,我要是就着这个话头说下去,那真应了我师傅的口头禅:一言一语慢腾腾,啥时能到热闹中。好了,书到这里,暂且按下葫芦;让花开两朵,咱们再表一枝。

## 老尿独占花魁

前边我提到了刘庄的双胜和保国,刘庄和我们李庄前后庄,也是地头搭地头,平常下地干活见了面,大人小孩就像一个庄的。虽然双胜和保国都比我大两岁,但上小学四年级时我们却都在一个班里。本来当时我们那儿的鸟孩子上学就晚,脑壳又笨,加上这两位先生酷爱留级,所以等我上四年级时,他俩就和我成了同班同学。保国是个比较老实的鸟孩子,没啥说的。双胜上学时烂事很多,一堂课四十五分钟,他得举三四次手报告上厕所尿尿。我们那地方人杰地灵,大人口角刁蛮,鸟孩子也跟着嘴顺,见双胜一上课就尿个不停,全班同学都叫他老尿。时间一长,前后两庄大人小孩齐心协力,活生生把双胜给叫成了老尿。前年我回家探亲,闲时去看双胜,刚进刘庄,碰到几个半大不小的鸟孩子,不认识我,乱问,我一说到双胜家,那几个鸟孩子齐齐"哦"了一声:找老尿啊!

老尿的爹也很有意思,外号叫刘电锤,是个复员军人,和我们李庄的李忠厚是一批兵,还一起上过朝鲜战场。好像当年在朝鲜战场上还没和美国鬼子打过瘾,回到家里还自制一杆兔子枪,后秋里整天扛着,漫地打兔子。我和老尿成了同学后,因为考试老尿老抄我的,所以就时而给我带一疙瘩兔子肉,手指头大一块肉,里边有三四颗铁砂子,有一次差一点儿把我的牙硌掉三枚。后来我们一起到高老庄学搥,成了同门师兄弟,老尿才拿了几回没有铁砂子的兔子肉给我吃。

当年刘电锤在我们那儿很神奇,他不仅会自制兔子枪,还会制造火药。他们刘庄村当街有一棵老枣树,树上边吊着从拖拉机上偷卸的半张犁铧,是以前生产队时当钟使的,每天下地干活,或者一开会,刘庄的队长刘撇拉腿就拿把破扳手敲犁铧。虽然后来土地包产到户了,但这半张锈迹斑斑的犁铧还吊在那儿,我每周六去找老尿到高老庄学搥,要是一时半会儿找不着老尿,我一急就随便找块砖头连敲三声——这是我和老尿约定的信号。可巧的是,那棵枣树下还有一个大石臼,臼窝很深,就在那半张破犁铧下面,刘电锤就用这个大石臼制造火药。

　　刘电锤每次在那儿制造火药,都会有一些大人孩子围过去看稀罕。我也见过好几次,有时候石臼里好像是黄土,有时候好像是黑土,有时候是我认得的硫黄,有时候我看着好像是鸡屎,反正谁也说不清楚,谁也不知道他的配方。刘电锤话比金豆子还金贵,不管多少人围着看,他也不吭气,只管握着木把子石槌在石臼里研磨。这时候,就有几个歪心眼的大人在旁边说:"小心小心刘电锤,别磨着火了!"一群鸟孩子也跟着喊:"着火了! 着火了!"刘电锤也不生气,头也不抬,只是到完事了,才抬头对大家笑笑。刘电锤的笑也怪怪的,仿佛心里藏着很多秘密一样。后来我才知道,刘电锤之所以笑成那个怪样子,是因为他顶颥骨里还镶嵌着一颗美国造的子弹头。

　　有一次,刘电锤真的磨着火了。

　　当时,我和老尿刚考上中学,在暑假里,我闲得蛋子发痒,就去刘庄找老尿和保国到流粉河摸螃蟹。我一进村,一眼看见老枣树下围了一群大人小孩,在那儿观看刘电锤制造火药。还像以往一样,有几个歪心眼的大人在旁边打趣刘电锤小心着火,几个鸟孩子也人来疯似的,一边跳一边喊:"着火了着火了!"老尿当时也在人场里,见几个鸟孩子瞎喊乱叫,还用连环腿踢他们,看见我,他还得意扬扬地翘翘下巴。

　　几个鸟孩子正闹着,就听几个大人幸灾乐祸地嬉笑,"哟哟哟"的一阵子乱叫。那帮鸟孩子看见石臼里冒出一丝烟雾来，顿时笑成一团。老尿也龇着牙，半笑不笑地看他爹怎么处理。刘电锤还坐在那儿，把木把子石槌拿出来，勾着头往石臼里看，那副纳闷的样子，仿佛不相信自己的科研工作会出啥麻烦。围观的大人都很聪明，一见冒烟，呼一下跑了八丈远。我们这帮鸟孩子醒神儿慢，还傻呵呵笑着站那儿，等着听个响儿。就听石臼里哧啦一片响，还没看见蹿出火光来，刘电锤就一跃扑上去把石臼口罩住了。接着，只听一声受潮爆竹似的闷响，刘电锤被火药崩了一个鱼跃，又落在石臼上。顿时，大人小孩都吓得大眼瞪小眼，没有一个说话的，眼睁睁地看着刘电捶的肚子被炸得牛踩的蛤蟆一样，衣服上没着净的火药还在哧啦哧啦地闪烁着。

现在，我一想起当年刘电锤坐在老枣树下大石臼旁制造火药，头上悬着半块犁铧的情景，就会不由自主地想起达摩克利斯之剑那个邪恶玩意儿。就是在当时，前后庄的人说起刘电锤的死来，也都带着神秘的色彩。刘庄的人都说刘电锤天天打兔子，杀生太重不说，主要还打死了十七个兔子精，这才遭到报应的。

总之，那时候我们那儿迷信还没断根，只要你不是正常死亡，就会产生很多神神鬼鬼的谣言，而且只要有了这些荒诞的谣言，那么你死得多么离奇都是合情合理的。比如，老尿的爹刘电锤死后，他娘悲伤过了头，有几分精神不正常，按我们那儿的话说,就是被鬼捂住眼了,有一天赶王桥集,从水闸上跳河了。于是,前后庄的大人们又都说,老尿的娘看见老尿的爹在水闸上笑嘻嘻地朝她招手,就爬上水闸,和他手拉手,一齐喊着一二三,跳下去。说得有鼻子有眼,好像亲眼看见了一样。

当时老尿也就是十五六岁,这么点大就没了爹娘,真造孽,真悲伤。从此以后,刘庄的人见人就说老尿孤苦伶仃真可怜。刘庄的人之所以这样认为,是因为他们庄的人猪脑子很多;我们李庄的人不这么认为,因为我们李庄的人脑子比瑞士手表还精密,我爹就是其中一个——老尿的娘从王桥集水闸上跳下去那天下午,我听说后回家向我爹要几块钱,因为我和老尿是同门师兄弟,他娘死了,我得买几刀纸去烧。当时我爹在院子里,一边吃一碗凉面条,一边观看刚生的小牛犊围着老牝牛撒欢,旁边那头壮牡牛扭着头看它们。情景相当温馨,看得我爹笑容可掬,别提多得意了。一听说老尿的娘跳闸了,我爹一下子就不笑了,左手端着碗,右手一拍大腿,好像凉面条烫着牙一样"哟"了一声,说:"这下子老尿可得混了!"

"得混"是我们那儿的方言,就是自由自在,就是信马由缰,就是无拘无束,就是……就是啥也无法替代"得混"这两个字的内涵。事实上,老尿真像我爹说的那样,日子可得混了。除了到高老庄学捶一次不落,中学也不上了,连家里十几亩地也只留下四亩种西瓜,其余的全包给他本门近支一个傻呵呵的叔。他本人是啥活都不干,就是油瓶倒了,他也只管躺在床上听那个破收音机,还要跟着哧哧啦啦的声音哼小曲儿。

说实话,刚开始那几个月,我们这帮师兄弟也跟着老尿舒坦了一阵子,因为我们知道老尿家里自由,所以动不动就在他家里聚会。只要一到老尿家,都是武林中同门师兄弟嘛,老尿又杀鸡又买酒的,吃吃喝喝,搞得大家意气风发豪情万丈,酒足饭饱之后,还要切磋拳脚演说长短。只可惜好景不长,在我们这帮师兄弟的祸害下,老尿家很快走向一穷二白的境地。原来十几只鸡连根鸡毛也找不到了,原来盛小麦和黄豆的三四个土囤都空空如也,囤除了养老鼠没别的用。也就是说,老尿在家除了喝凉水,一片麦麸也没有的吃了,太遗憾了。

到了这境地,我们师兄弟也没有含糊,首先是宝扇给老尿背来半袋子小麦,接着是和老尿一个庄的保国,再接着是康寨的拐弯,周庄的三义和治安都背了,最后是我。虽然那时候包产到户了,但都还不富裕,我们这帮仁义兄弟给老尿背小麦,基本上都是瞒住大人的。我第一次偷家里的小麦没被发现,等我第二次把半袋子小麦给老尿送去,回来就被我爹敲了十六竹竿,打得我头上小疙瘩骑大疙瘩。我当时摸着头上一群疙瘩还满不在乎,心想做人要讲义气,敲的疙瘩越多就说明我越讲义气。饶是我们这样帮他,老尿还是整天饿痨一样,我们几个不管谁到他家,他一式饿虎扑食,上来首先搜身,摸到点馍渣马上填嘴里。有一次我家来客,带了一盒饼干,我爹抠给我三块我忘了吃,到老尿家里被他搜出来,一下把三块饼干填嘴里就往下咽,结果差一点儿把他噎死。所以,那次在师傅家我端鸡汤洒了一手油花子,老尿抓住我的手一阵子猛舔,我是完全可以理解的。

说来说去,老尿最意思的还是种西瓜。

我前边说过,老尿留了四亩地没包给他那个傻叔,这四亩地就靠着流粉河,地东头顶着河堤。老尿的二姐夫帮老尿把这四亩地种上了西瓜——哦对了,老尿还有两个姐姐,都比老尿大十几岁,大姐嫁到高公庙,二姐嫁到立德集,都离我们这儿有五六十里远。老尿的二姐夫种好西瓜就回家了,这可给老尿找到职业了,从瓜苗打秧,老尿就住在西瓜地里。他在地东头河堤上几棵树之间搭了个草庵子,天天扛着他爹遗留下来的那杆兔子枪,虽然没有火药,但老尿背着那玩意儿照样威风凛凛地沿着西瓜地边巡逻,巡逻结束后,老尿就在河堤上练拳脚,练完了就狂背唐诗宋词。

说到这儿,我得倒插一笔。

虽然老尿在小学里成绩很糟,除了上课时撒尿,就是下课时被老师揪耳朵,但他一上中学,好像文曲星附体了,几门功课全面跟上不说,尤其语文突飞猛进,而且酷爱背诵唐诗宋词。老尿这一爱好,深得我们的语文老师耿麻子的喜爱。耿老师其实并不是满脸麻子,只是鼻凹里有几粒碎白麻子,熟人谐称耿麻子。我们全校师生都知道,耿麻子有两本硬壳书,一本是《唐诗三百首》,一本是《宋词选》,里边的字都是竖着的。这两本书是耿麻子的珍宝,他的办公室乱得像鸡窝一样,他也不收拾,逮点空闲就捧着其中一本站在窗前朗读,读得抑扬顿挫。有一次县教育局要来我们学校检查卫生,校长见他办公室太乱,一时找不着他,就带着我们几个学生给他打扫。我们几个在那忙着,校长站那儿没事,就摸了一下那本《唐诗三百首》,耿麻子刚好进屋,手里恰好提着教鞭,也就是一节竹竿,对着校长的手上就是一下子,校长当时疼得原地转了三四圈。当然,校长也没咋着耿麻子,因为他们是表兄弟。

我这样将往事实话实说的意思是,这么珍贵的两本书,耿麻子居然一下子全借给了老尿。我们当时看在眼里,顿时觉得这个世界太诡异了。老尿对这两本书更是敬若神明,先用报纸包了书皮,再从书中挑中意的诗词抄了整整一大本,才把书还给耿麻子。每天一上早自习和晚自习,老尿就捧着自己的手抄本狂背一气,活似蜀犬吠日。

虽然因双亲亡故老尿不上学了,但他背诵唐诗宋词的爱好还保留着。他在河堤上那副摇头晃脑的样子,我们这帮师兄弟都很熟悉,因为当时我们老是到西瓜地里找他玩,好像是怕他一个人寂寞,其实我们是着急他地里的西瓜啥时才能熟。只有宝扇,比我们几个大几岁,懂得照顾老尿,他给老尿带了一个锅,一把锅铲,还在瓜庵旁边垒个土灶,让老尿每天弄点热饭吃。宝扇还让我和康寨的拐弯、周庄的三义和治安,每周日去老尿西瓜地里拔杂草,施肥,浇水。和老尿一个庄的保国一次也没有去,因为他那个烂眼子娘说啥也不让他和老尿玩儿。

西瓜很快熟了,我们这几个上学的也刚好放了暑假,就整天跟着宝扇到老尿西瓜地里练功夫。宝扇每次都不空手,都是带一毛二分钱一盒的"大铁桥"牌香烟。老尿也比较讲义气,每次我们去了,他就挑几个又大又熟的西瓜,一掌拍开好几块,师兄弟们先是大啃一通西瓜,然后在河堤上树行子里练功过招,又踢又打,怪叫声此起彼伏。累得快断气时,他们几个大的就坐在阴影里,脱得赤条条的,抽着"大铁桥"香烟打扑克,又没有钱赌,只好让输的钻裤裆。我比他们小几岁,他们打扑克时,宝扇就让我坐河边钓鱼。那时候的流粉河水草茂密,鱼虾丰美。等到我钓上来几条二三斤重的大鱼,天也傍黑了,大家也玩过瘾了,肚子也饿了,于是,几个人七手八脚,用宝扇贡献的那个锅开始炖鱼——哎哟,那种美好的日子真令我回味无穷;虽然我现在在北京生活,但整天和人群挤膀子,生活节奏也太快了,每当心神疲惫不堪时,我就会趴在窗台上望着浩瀚的夜空,嘴里念念有词:当年那种好日子还会回来吗?

当然回不来了,就是当时,好日子也没过多久。有一天上午,我们玩得正高兴,老尿的二姐夫来了。老尿的二姐夫小名叫淮北,快四十岁了,前后庄的大人小孩见面还叫他淮北。人长得像头骆驼,长腿大个,脖子尤其长,还骑辆自行车,哼着二夹弦小曲,从河堤上顺着树行子就过来了。好歹都是熟人,西瓜刚打秧时他还来拿过杈子,施肥浇水时我们也见过几次,所以,他到了跟前宝扇他们也没起来,就坐在那儿打着扑克笑嘻嘻看他。淮北一开始还笑逐颜开的,两条长腿支在地上,裆里夹着自行车,正摸口袋掏烟准备散给大家抽,可是,一看到草庵子四周都是西瓜皮,马上又把烟装进去了,脸也跟着变得铁青,一迈腿下了自行车,把车子支好,就大步流星地朝西瓜地里走。我一看好像要出情况,赶紧放下鱼竿跑到河堤上,就见淮北在西瓜地里东一头西一头的,像疯了一样。老尿也看出点名堂了,他还装作若无其事,强笑着让治安快点出牌。

要说结果也很麻烦,反正老尿的二姐夫淮北气得智商彻底崩溃。他朝河堤返回时,我们都看到他头上啪啪直冒火星子,可是到了跟前他连个屁也没有,站住脚步就脱衣服,几下子脱得只剩一条小裤衩,然后把衣服夹在自行车后座上,一弯腰扛着自行车就往河堤下走。我们纷纷起立,眼看着他下水,结果河太深了,水草又绊脚,他一个跟跄就没影了。我们正哈哈大笑,他又冒出头来,就那么水淋淋地上了岸,把自行车往路边一棵大杨树上一靠,从后座上拿起湿衣服也不拧一下就往身上穿,最后推上自行车时,可能发现兜里的一包烟被水泡了,掏出来扔了,这才隔着河指着我们高腔大喉咙地骂:"狗肉不上秤,小老婆不喜敬!老尿,你生就的贱货!咱们断绝关系,你就自己混吧!"骂完,骑上自行车,一路闪着水花,飞也似的跑了。

我们都很纳闷,心想有这个必要吗?你要是生气了,原路返回就得,为啥非要又脱衣服又过河的?结果也没省掉搞得自己雨淋的兔子一样。接下来,尽管老尿还强撑着让大家继续打扑克,那谁还能打下去,纷纷朝西瓜地里跑。真是不看不知道,一看吓一跳,真惭愧,四亩西瓜大个的被我们吃掉了三亩半还多,只剩下一些小个的"拳头产品"。一帮师兄弟回到河堤上,坐在树荫下想到半下午,也没想起来四亩大西瓜都是啥时候吃的,咋就吃那么快呢?

这时候,我们的秃子师兄来了,骑着那辆"大金鹿",当然还戴着那顶军帽,从河堤上的树行里风驰电掣地飞过来。一看秃子那架势,就知道淮北到高老庄找他了,大家赶紧站好迎接秃子,一个个笑也不是,不笑也不是。当时我刚下到河边钓鱼,也赶紧站起来,手握鱼竿立在水边等秃子过来。秃子本来就话少,到跟前更是不说话,把"大金鹿"往树上一靠,一闪身啪一式单腿踹,把宝扇踹了趔趄。治安和三义还有拐弯几个人吓得赶紧抱着头,但是,秃子没有打他们,只是过去一式黄鹰抓嗉,掐住老尿的脖子,把老尿掐得直翻白眼。吓得我真想扔掉鱼竿,学习淮北涉河而逃。

说实话,秃子虽然揍了大家一顿,但他给老尿出了一个点子,让老尿从此开始走上了发家致富的康庄大道。

按照秃子的指点,老尿请了个烧砖窑的师傅,那个人四十多岁,模样我现在还记得,脸像个紫茄子似的,一天到晚两眼角都是眼屎,长着一嘴老鼠牙,吃鱼还老挑鱼鳃下面那块肉,狗养的。但据秃子说,这师傅烧砖手艺在亳州以南数第一。我们这帮师兄弟当时也跟着有钱的出钱,没钱的出力,帮老尿在地东头靠河堤处立了一座砖窑。想想四亩西瓜哪是白吃的,我们这帮馋嘴整整给老尿当了一暑假苦力,天天晒得头脸冒青烟,又和泥又搅沙的,手工制作了够烧三窑的砖坯子。可以说,老尿后来发了家,很大程度上是师兄弟们给他制作的那三窑砖坯子奠定了基础。不过,很惭愧,我当时没干啥活,他们几个像驴似的在烈日下劳作时,我就在河边钓鱼,然后煮一大锅鱼香喷喷的,苦力们吃得兴高采烈。

说到底,老尿立座砖窑烧砖算是搞对了。刚好当时我们那儿人手里有点钱了,盖瓦房的很多,到老尿砖窑上买砖的人络绎不绝,有时候刚出窑的砖还能烫熟手指头,就有人开着小四轮拖拉机过来,给了钱装上砖就拉走。老尿手里有了钱,智慧也跟着增高不少,他又买了辆破旧的小四轮拖拉机,专门送货上门。一时间老尿名声大震,很火,弄得离我们那儿七十多里的北乡里都来定砖。老尿狗尿运走完了,也活该走好运了,第一次到北乡里送砖,就带回来一个花不溜秋的大闺女。

那天正好是星期天,一听说这个爆炸性的消息,我们几个师兄弟前后脚都跑到了老尿家里。老尿一边给我们发烟,一边说他女朋友叫金花。我们一听老尿说"女朋友"这个洋词,就知道他激动得正经了。老尿给大家发烟的姿势也很牛×,是那种很贵的"玉簪"牌,啪的弹一支给这个,啪的弹一支给那个。我一看,才几天没在一起混,老尿就变成这样了:留着个大背头,头上打的油明晃晃的,蚂蚁挂着双拐都爬不上去;脚下一双新皮鞋,鞋面上几道子泥痕;还穿着一件半吊子西服,两个扣子工工整整地扣着,好像怕风伤了肚脐似的。金花要比老尿耐看多了,穿一件红格子外套,哎哟还留着半烫的头发,身段我也不知道咋形容,光那看人的眼神就让人受不了,反正她看我一眼我就动不了脚步了,她朝治安一卖眼,×他娘,治安马上把手里一个酒糟柿子捧给她吃。当然,金花咋会吃他狗爪子拿过的东西。

我们几个正闹着,宝扇也闻讯赶来了。到底宝扇比我们几个大几岁,能立事,马上掏出几张十元的票子,吩咐自称飞毛腿的治安和自称玉麒麟的拐弯快去王桥集,买红纸买蜡烛买毛笔墨汁,买酒买鱼买肉买鞭炮,趁天没过午,赶紧把老尿的喜事办了再说。

都知道那时候乡村娶媳妇办喜事,是一件很麻烦很劳神的事,得提前好几个月张罗,但老尿的喜事我们转眼工夫就办完了,非常有效率。天还没过午,大红门幅贴好了,鸡鸭鱼肉也按锅里炖上了,一盘鞭炮乒乒乓乓一放,老尿和金花的花堂就拜完了。接着酒肉上了满满一桌子,老尿家里就一条长凳,由他和新媳妇金花坐了,宝扇和我们这几个师兄弟,围着桌子扎着马步,就那么开始了婚庆喜宴。山呼海啸地喝到傍黑,一直站着马步,也没人叫一声累,宝扇喝得直翻白眼珠子,还谆谆教诲大家,以后要好好练功夫,关键时刻还是能派上用场的。

当时金花没喝几杯,见天黑了我们还在那儿喋喋不休,就笑吟吟地去点红蜡烛。我们虽然喝多了,但老规矩我们都还懂,一见金花点蜡烛了,宝扇就咋呼着让大家赶紧走,别耽误老尿牵牛犁地。于是,大家哄堂大笑一番,一路歪斜地拥出来。

老尿太不像话,为了他的喜事大家忙了一天,他也不送送我们,见我们几个一拐过墙角,马上就关门上闩。我们也不是好惹的,刚走几步,宝扇打了个手势,大家哪里不懂,马上纷纷脱鞋,然后提着鞋子又溜回老尿窗下。当时屋里红烛高照,老尿和金花在里边喜笑颜开地说话。好像老尿喝傻了,不急着牵牛犁地,反而给金花显摆他上学时有多聪明,说着说着就开始背唐诗宋词。我那时凡事沉不住气,就探头往里看,只见金花坐在床沿上,老尿站在她面前,双手拉着她的双手,摇头晃脑地背着这么一首:"寒蝉凄切,对长亭晚,骤雨初歇。都门帐饮无绪,留恋处,兰舟催发。执手相看泪眼,竟无语凝咽……"我们耐住性子,以为老尿背完了这首就该犁地了,可是,他笑嘻嘻地又开始背起了《长恨歌》。×他娘,这首太长了。刚背到"芙蓉帐暖度春宵",我就听到有人打呼噜,低头一看,老天爷,太丢人了,宝扇和治安还有拐弯,一个个下巴放在臭鞋上睡着了。

总之,老尿从此走上了康庄大道,要说还有什么不如意的事,那就是金花给他生的小孩太多了,头胎是个双胞胎闺女,二胎又是双胞胎闺女。村委会觉得老尿有四个孩子可以了,就让他到乡政府结扎。老尿一听就急,马上挽袖子捋胳膊,嘴里不干不净:"当初老子一个麦子儿都没有,整天吃风屙沫,你们村委会咋不管,都钻牛屁眼里了吗?现在老子生几个小孩子,又不让你们养活,还来管闲事!×你娘,想掉几颗牙明给我说吧!"金花也在旁边帮嘴:"他爹,打他们猪嘴去!咱还没有儿子呢,就叫你结扎,想断咱后嘛!"

就这样,金花高低生了个儿子,两口子金贵得不得了,给小孩起名叫金豆子。不过我当时没去看金豆子,因为我当时忙着高考,老尿就是牛一把金豆子,我也没工夫去看。可是,这还没完,金豆子刚一岁半,金花又生对双胞胎,还是闺女,这下老尿受不了了,当着那个接生婆的面号叫一声:"老母猪,老子求求你,管住自己的屁眼吧!"这话说得,好像小孩是从屁眼里生的。接生婆有几个嘴巴不关风的,这句话立马就传了出来,弄得刘庄和我们李庄的人欢天喜地争相传诵。

当然,这期间还发生了很多事情,老尿的砖窑烧到头了,四亩地都挖成了池塘,他正准备就着那个池塘里搞牛蛙养殖。宝扇、治安、拐弯等几个人,前前后后都出了事,我也当兵走了,老尿后来的事情我就不知道了。

不过,前年我回家探亲,去看老尿,发现二十世纪都过去了,老尿基本上还那鸟样子,只是故意留了一撮山羊胡装老相。我进大门时,老尿正在院子里和金豆子打扑克,金豆子十五六岁,鸟孩子戴个近视镜,抓着一把扑克,红头酱脸地训斥他爹:"老尿,你咋又来赖的?你四个老A都出完了,咋还有一个老A?跟我打扑克也偷牌,真是尿性不改!"老尿正要发火,一抬眼看见了我,马上笑嘻嘻地站起来招呼我。金花听到我们说话,也出来了,哎哟真吓人,当年那么迷人的身段丢哪儿去了,眼前活像大油罐子。油罐子出来时还在打着手机,拿手机的左手上三四个金镏子,一边朝我笑,一边对手机说:"俺家来客了,改天再说吧。拜拜,拜拜!"

故人相见,难免要大喝一场。酒很一般,但菜肴鲜美,几乎都是老尿自己养的。鸡当然是新养的,因为二十世纪老尿家的鸡都被我们吃绝户了,牛蛙,还有几条很吓人的毒蛇,黄蟮,人工养的活参,好像没有鲸鱼肉,反正当时给我的感觉是,老尿那个池塘里养殖的品种真多。一边吃一边喝一边说话,说着说着我提起了当年他在新婚之夜给金花背唐诗宋词的事,一听说我们当年听房,金花又高兴又惊讶,恨不得往事再来一次。老尿好像没什么意外,只是捋了捋山羊胡,龇着牙,笑眯眯地说:"我还不知道你们那几个鸟孩子!想听我犁地?我就背唐诗宋词!《长恨歌》完了,还有一首更长的呢!急死你们!"

正是:爹死了娘死了孤苦儿运气还在;种西瓜烧砖窑刘老尿独占花魁。

## 宝扇英雄末路

上回书说的是老尿双胜,这回书要说宝扇。但是,要说宝扇,得先从我爹说起,当然了,我爹晚上也没去过张油坊,宝扇和我爹没啥关系,但和我爹制作的老鼠夹子有关系。

前边说过,我们李庄的人脑子比瑞士手表还精密,我爹就是其中一个,这话绝不是白说的。那时候在我看来,我爹绝对是个心灵手巧的人,种庄稼的事儿就不说了,单是我家的桌椅板凳、衣箱木床,包括碗笼子,都是我爹凭着一把斧子一把锯做出来的。我爹的聪明才智不仅用在这些家具上,也用在教育我、教育我家的那头壮牡牛身上。我当时十几岁,我家那头牡牛也就两三岁,都是使性子的年龄,为了让我和牛有个怕角儿,我爹就弄了一节二尺长、可手握的花椒树枝子,大家都知道,花椒树枝子疙疙瘩瘩的,我爹把一头削平,还裹了一圈破布,握在手里真是快煞手掌,让人顿起杀心。我爹很满意这条怪异的棍棒,美其名曰狼牙棒,真缺德。有一次我数学没考及格,被我爹一狼牙棒打在屁股上,疼得我一跳三尺高,鬼哭狼嚎一下午。我家那头牡牛就别说了吧——有一天,我爹喂饱了这头爱使性子的牡牛,牵它出来晒太阳,刚出牛屋,这畜生一阵尥蹶子,把我爹拽得一溜跟头一溜屁,最后还摔个嘴啃地。当时我娘和一个来我家串门的翘门牙婶子笑得直打嗝。我爹顿时恼羞成怒,把牛拴在椿树上,回头抄起狼牙棒,抽屁股就是一棒子,顿时,那头可怜的牛疼傻了,站在那儿四条腿打着战,一泡长尿不止,两行热泪齐流。从此以后,可怜的牛只要一看见那条狼牙棒,就会悲伤地"哞"一声,接着哭上半个多小时。

哎哟我这一滑溜舌头,就把话题扯远了。接着说我爹制作老鼠夹子的事儿,因为老鼠夹子与这段书的戏筋宝扇有关。

开篇我说过,那时候我们那儿还比较穷。俗话说,越穷老鼠越多。当时我们那儿的老鼠多得不得了,不管白天黑夜,成群结队,满胡同乱窜,到处祸害人,见啥吃啥,有一次把我爹的斧头都咬了几行牙印子。不管家里土囤打多厚,只要囤里有粮食,保证一晚上老鼠能把囤底打三四个洞。有一次我家来客杀只鸡,没舍得一顿吃完,剩了几块放碗笼子里,留着第二天下鸡汤面条。可是,天明一看,碗笼子咬了两个洞,几块鸡肉,肉是不见了,连骨头都嚼巴了一遍。

当时不光我家这样,家家都是这样,所以那时候下乡卖老鼠药的人特别多。可是,老鼠药不安全。有一次我爹买了一包老鼠药,结果老鼠没药死一个,反而把我家的老母鸡药死三只。我爹气得摔头找不着石头,坐在门口托着脑门想了一下午,最后不知跑到哪儿弄了一把水泥,又炒了几把黄豆,往水泥里一拌,放在老鼠洞口。满以为吃了这玩意儿水泥会在肚子里凝固,老鼠会因此成片倒毙,结果老鼠智商比我爹还高,放的几处水泥黄豆不仅一点没动,天明时反都凝固得比铁疙瘩还硬。

我爹哪能服输,马上到王桥集买了一捆钢丝,一袋子弹簧,一大块白铁皮,拿出老虎钳子和剪铁的大剪刀,坐在当院里像个工程师似的,开始制作老鼠夹子。当时惊得几个邻居都来看,和我爹最能说一块儿去的李德水也来了。

李德水猴精,智商赛老鼠,比我爹高好几倍,李庄的老少爷们都叫他老狐狸,也有叫他猫鼻子的,因为他长着个酒糟鼻子,熟透的桑葚子一样。别看这器官样子烂,但特灵敏,邻居谁家要是做顿好吃的,他哼一下糟鼻子,马上就顺着味儿到你家里,一边围着锅台转圈,一边说着好听的,你不好意思了,就夹块肥肉请他尝尝。刚出锅的肥肉多烫啊,他左手倒到右手,烫得受不了了,啪,填嘴里了,舌头烫得都抽筋了,他照样吧吧叽叽嚼上十六分钟才咽下去。就这么个鸟人——我在这里之所以详细地说这个鸟人,是因为后来宝扇与他家发生了千丝万缕的联系。

眼睁睁看着我爹做好了一个老鼠夹子,几个邻居都不相信能夹住老鼠,尤其是猫鼻子李德水,笑嘻嘻地说连根鸟毛也夹不住。我爹胸有成竹,把夹子支好,叼着烟对猫鼻子说:"俺大哥,你要不信就试试,看看是你的手快还是我的夹子快!"猫鼻子就伸个手指头去试,结果那还用说,啪的一下夹住了,疼得猫鼻子直龇牙,可他不服气,摘下夹子,撇着嘴说:"夹住是夹住了,可是力道不够,夹不死,老鼠一蹬腿就跑了。"我爹也不说话,叼着烟,眯着眼,又做了个大的,上了两根弹簧,把大夹子支好,弹弹烟灰,也没说话,只是给猫鼻子做了个请检验的手势。猫鼻子好像吃了迷魂药一样,伸手就试。只听咔的一声,就见猫鼻子的手指被夹得牢牢的,他闪电似的曲起胳膊,冲着手指上擎着的老鼠夹子叫了一声:"哎哟哟哟我的亲娘啊!"几个邻居顿时笑得前仰后合。我爹笑眯眯地把烟头弹多远,这时也不叫"俺大哥"了,点着猫鼻子的桑葚子说:"半吊子货,叫你捣你就捣,真是个大傻×!这下知道马王爷有三只眼了吧!"

这件事现在说起来好像很荒诞,但当时就是这样发生的,是我亲眼所见,而且也特别符合我们李庄人的性格。由此也可以证明,我爹的手艺有多么厉害。从那以后,我爹天天下午做老鼠夹子,第二天就用那个狼牙棒挑着,往肩膀上一搭,逢南集赶南集,逢北集赶北集,大的一块,小的五毛,天天都能卖个精光。当时我爹因此名声很大,经常有三村五里的人在傍晚时分到我家买几个老鼠夹子。有一天,宝扇也来买了几个,他还要求我爹给他多加一个机关,因为他想抓住几只活老鼠。我爹当然答应了,我和宝扇是同门师兄弟可以姑且不论,重要的是那天宝扇除了买老鼠夹子之外,还送给他一盒刚开口的"玉簪"牌香烟。

先声明一下,后来我爹不做老鼠夹子了,他老人家改行做别的了,如果有机会,我再讲讲我爹做别的行当的故事。这里讲这一段的目的,主要是为后面讲宝扇的故事做个铺垫。

宝扇用老鼠夹子捉活老鼠,一开始我们都不觉得奇怪,因为宝扇善于干些徊猫骗狗的事,在东西庄是很有名的。不过有一次我到他家玩儿,发现了他逮活老鼠的秘密。

那时候我已经十四五岁了,经常到张油坊那庄晃荡,打着找宝扇练拳脚的旗号,实际上是想看一眼张彩莲。张彩莲是宝扇家的邻居,独生闺女,千亩良田一朵花,也就是二十岁左右,长得有多漂亮你见到了才能知道,我在这儿怎么形容也没用。反正那时候在方圆十几里,都知道张油坊那庄的张彩莲,多少适龄年轻猴做梦都想娶她当媳妇,而且她家也准备招个倒插门的女婿,支撑门户,养护双亲。我当时没有这奢望,就是想经常看她一眼——你要是个过来人,有这么个经历的话,我这个心情你肯定能理会得来。

那时候,张油坊那庄很富裕,因为他们家家户户世世代代都与油打交道,磨香油、榨豆油、榨棉籽油;不榨油的就炸麻花、炸焦丸子、炸馓子。大家都知道,自古以来,与小油油儿打交道的发财都快,就像现在玩石油的;那时候,张油坊的人玩的也是食油。因为有钱啊,所以,张油坊那庄的大人小孩一个比一个傲慢,他们看人基本上不用眼睛,都是用鼻孔。又因为肚里油水大,五里地以内,不管在哪庄看电影听大戏,只要来屎了,就是屎到屁门儿露头了,他们也要夹紧腚眼,飞也似的跑回自家田地里拉。这话一点也不夸张,那时候我在戏场电影场里,经常看到张油坊的大人或小孩,双手紧抓腰带,被捉的贼一样往家跑。

宝扇家在张油坊那庄也算是很富裕的,他爹张瘸子因为残疾不能干榨油的重活儿,但他炸麻花的手艺是祖传的,在张油坊炸麻花行里数第一。张瘸子天天挑着两竹筐麻花南集北集地卖,一毛钱一个,一块钱一串,一串十个,一天能卖五六十块。不管你见没见过瘸子担挑子走路有多滑稽,但这生意张瘸子干了十几年,你就想想他家得多有钱就行了。所以,平时宝扇在师兄弟间急公好义也是有资本的。当时他家有五间大瓦房,三间堂屋,两间西厢房,还拉了一围半砖半土的院墙,大门楼也盖得有模有样。那时候,我到宝扇家从来不用叩打门环,吱呀一声推门就进,进门就喊:"宝扇在家吗?"每次都是张瘸子先探出活宝似的油炸脸,一看是我,马上回身拿个麻花,一瘸一拐地迎出来,笑得一嘴黑牙直闪光:"哟哟哟,是老帮啊,来来来,先吃个麻花再说!"每次都是他爹话音刚落,宝扇就从他西厢房里出来,见我推他爹的手,就皱眉挤眼半笑不笑地挖苦我:"还推啥,口水都淹到下巴了!"

不过,那天我去宝扇家没受到这个待遇,因为我一进门就看到宝扇正在院墙角里玩猫捉老鼠。他用几块长木板拢了个场子,场子里有两只瘸腿老鼠一只黑猫,黑猫正喵喵大施淫威,老鼠正吱吱疯狂逃命。而旁边的宝扇两小腿上绑着沙袋,腰带里还插着几块角铁,正在左扑右拦地模仿猫的一举一动,嘴里还发出喵喵的猫叫声。我那时候虽然还没上过大学院,但脑子还是很聪明的,一下子就明白了宝扇在钻研拳术,想从猫扑老鼠的动作中悟到几手绝招。

宝扇当时练得高兴,也没有瞒我,反而兴高采烈地告诉我,他准备独创一套猫拳。蛇拳鹰拳猴拳螳螂拳都有了,连狗拳也有了,日本人都有螃蟹拳了,为啥我们就不能有一套猫拳呢?说到兴奋处,宝扇让我扮演老鼠,他扮演猫,将他领悟到的几招猫拳展示一下,看看管不管使。刚巧那个张彩莲又像往常一样,趴在墙头上看,望着她那桃花儿一样的脸庞,我哪里还能控制住自己的激动,马上就拉个门户和宝扇比画起来。真遗憾,我比老鼠惨多了,老鼠最多被猫吃了,而我被宝扇的几记猫爪搂得前胸后背青一道紫一道的,还差一点儿被猫爪子锁住喉咙。×他娘,从那以后,就是张彩莲比天仙还天仙,就是她不嫌弃我当着她的面被抓成那惨样,而且马上把我招她家当驸马爷爷,我也没再去过张油坊那庄了。

不客气地说,在我们这帮师兄弟之中,宝扇算得上是个武学奇才。当年师傅教我们新套路,我们得学半天,弄不好还得被秃子掐两三回二头肌才能学会,人家宝扇基本上都是一点即通,而且我们练会了就高兴得不得了,而宝善练熟了还要朝精里练。可以说,宝扇学捶入迷,练功走火入魔。他在自己家里吊了二十二个沙袋,埋了七根梅花桩,天天一通苦练不说,而且在外面也拳不离手。因为我们李庄和张油坊那庄地头搭地头,农闲时,我们庄的人经常看见,宝扇两小腿上、胳膊上都绑着沙袋,腰间也绑着一围沙袋,在田间小路上一跑就是一上午。就是在农忙时节,好多人也经常看到,宝扇拉着一架车子小山一样高的小麦捆子正走着,忽遇两个小旋风,他马上停下车子,一阵子拳打脚踢,旋风顿时倒地休息。尘埃落下来,不见了人,宝扇拉着一车子小麦已经走到丈外去了。

当然,宝扇刻苦学捶练功的事儿很多,也大都是我亲眼所见,但我做梦也没想到他会拿老鼠逗猫来领悟拳术,独创绝招。不过,还真别笑话,宝扇后来还真的练成了二十八式猫拳。当然,他这猫拳是瞒着我们师傅练的,因为当年学捶门规很讲究,没出师之前,你不能再拜别的门派,更别说学习霍元甲独创一套迷踪拳了。可是,后来在涸河乡举行民间武术友谊赛时,宝扇终于露了马脚。

那次我们涸河乡举行民间武术友谊赛,是有内幕的,二十多年过去了,如今涸河乡早已变成了涸河镇,万事物是人非,武术友谊赛也早就成了传说,所以我在这儿简单地交代一点也无妨。当时乡长和书记都是新上任的,文化站站长也是新上任的,俗话说新官上任三把火嘛,但凭当时我们涸河乡的条件,发展经济之类的业绩一时很难做出来,于是,他们就结合当地民风打了一张文化体育牌,也就是说搞了这么一次民间武术友谊赛。说是我们涸河乡的,其实还不如说是全亳州市的——哦,当时亳县好像已经晋升为亳州市了——甚至还邀请了太和县几个有名的民间武术高手当嘉宾。本来组委会想邀请我师傅当裁判长,但老人家年纪大了,推辞了,只让他的大儿子,也就是我们的大师兄秃子做个评委。

我当时正在高中一年级,因为我毕竟是师傅的关门徒弟,好歹也被师傅关上堂屋门秘传了不少拳术,所以,秃子就派拐弯和治安到双沟高中找我——根据组委会制定的比赛规则,我作为张氏拳法的关门弟子必须参加比赛。所以,我有幸亲历了那场民间武术友谊赛全过程。但是,要是把全程讲一遍,我就得像我师傅那样开一部大书,可是,这一段是以宝扇为戏筋,所以我就挑与宝扇有关的章节简短地说吧。

比赛是在溉河中学操场上举行的,与擂台赛不同的是,在人山人海的观众中央留一片场地,四周是课桌摆成的评委席,拳手们就在中央空地上过招。比赛开始时,评委会主席还宣读了比赛规定,什么友谊第一比赛第二,什么点到为止以和为贵;当然这些都是屁话。那时候我们那儿的人谁不明白,凡是比赛的,就没有讲啥友谊的;凡是讲友谊的,就不是真比赛的。就像我们的大师兄秃子在入场前警告我们的:"你们都给我好好听着,谁也别犯傻,别看规章,别理规定,都是哄小孩玩的,这是武术比赛,讲友谊?弥天大谎啊!刀枪棍棒不讲友谊,拳眼里没有友谊,脚心里没有友谊,自古以来文无第一,武无第二,冠军就两个字——打倒就是赢!"我们听了哈哈大笑,因为秃子把两个字说了五个字。

事实上也正像秃子所说,比赛一开始就没有手下留情的。观众席上一阵阵高声呐喊,参赛选手一个个惨叫连连。冠军、状元,那是要付出代价的。比如周庄的治安,十招没过就被敲伤了,膝盖那儿又青又紫,走路一瘸一拐,贴了半个月的膏药才好。尽管如此,在那场武术友谊赛中,秃子带领我们张氏拳法的拳手还是取得了很好的成绩,外庄那几帮张氏门徒就不说了,就我们这帮成绩也不错,我是我们这组的亚军,周庄的三义获得了他们那组的亚军,没想到康寨的拐弯获得了他们那组的冠军,倒让大家吃惊一回。刘庄的保国没有参加,他那个烂眼子娘说啥也不让他参加,怕人家打断了他的鼻梁骨;刘庄的老尿已经和金花过日子了,也没参加,就不说了。

虽然我们这几个取得好成绩,但在场上的招式没啥好看的,远远没有宝扇精彩。宝扇他们组是最高级别,属于重量级的。尽管高手云集,但宝扇照样一路领先,详细过程我说了你也晕招,这么说吧,那些身手矫健的年轻猴一上场看着功夫非凡,但和宝扇一交手,简直可以说弱不禁风,基本上三五招就倒地。有一个只过了一招,就被宝扇踩着膝盖跃过头顶时回腿一式老虎摆尾,一下子摔了狗抢屎,门牙当场磕掉两枚,满嘴流血。倒是最后和宝扇争夺冠军的那个,是十八里乡的,门里出身,家传的功夫,煞是厉害。两个人打了将近一个小时,宝扇虽然挂了人家一肘,但也被人家打了一耳光。这个耳光打晕了宝扇的脑袋,只见他招式一变,我一下就看出是他自创的猫拳,当时瞥见秃子脸都变了,他知道不是自己的拳术,但当时哪好意思阻拦。宝扇好像把门第之见豁出去了,只管打他的猫拳。只见对手一式火神跳凌空踢,宝扇非但不躲,反而迎身上前,出手是拳,着物成爪,抓住了对手腿弯大筋,顺势一个大旋转,对手那个大身材在半空飞了半圈,啪的一下摔落在地,半天才爬起来对宝扇一抱拳,跟跄着下了场。

旁人哪里看出门道,只管掌声大起,喝彩成片。宝扇夺得了冠军,颁奖之后,我们张氏拳法的弟子们合影留念时,秃子还特意让宝扇站他身边。这张照片我现在一直保存着,每次看到秃子戴顶军帽,宝扇戴个蛤蟆镜站在他身边龇牙咧嘴的得意样子,我就会想起当年我们泚河乡举办的民间武术友谊赛。

当时老尿虽然没参加比赛,但他开着小四轮拖拉机一直等在那儿,我们一散场,就上了老尿的小四轮拖拉机,奔向高老庄——依着规矩,徒弟比武胜了,得去谢师。

一到我师傅家,那真是大门敞开,庭院清扫,师傅兴高采烈迎接我们。可是,我们这帮夺了奖杯奖牌奖状的刚把东西放堂屋里条几上,正准备请师傅坐在太师椅上,我们叩拜一下,秃子突然朝宝扇喝了一句:"跪下!"宝扇心里明白,赶紧给师傅跪下了。师傅开始也是一愣,秃子就比画着把宝扇得胜的招式演练出来,收了手,说:"爹,出了斜岔子,这不是咱家的拳法!"我们都吓得快尿裤子了,可是我们师傅只是微笑了一下,对宝扇说:"这看着是人招,只是手形变化上有狸猫做派。宝扇,你去过三关镇、见过吴大通?"

三关镇离我们这儿有八九十里地,早先我们这帮师兄弟隐约也听人说过三关镇的吴大通是个隐居的猴拳高手,也就是说,是个藏在水下边的,这会儿见师傅说起吴大通来这么个口气,便马上明白师傅和吴大通肯定有些渊源。我是早就听说过吴大通,因为我表哥铁锤就是吴大通的关门弟子,但那会儿哪有我说话的份儿。宝扇这时也不敢说瞎话,赶紧给师傅磕个头,一五一十把自己玩猫捉老鼠的事说出来了,说完还一指我:"师傅要是不信,你问老帮,我当初还买过他爹的老鼠夹子呢!老帮也见过我练猫拳。"师傅朝我一卖眼,我赶紧跪下把知道的都说了。我师傅这才展开眉头,放开一张老皱脸:"我说呢,吴大通知道你是我的徒弟,也不会教你功夫的啊。好好好,都出去吧,关上门,我和宝扇过几招子。"

我们一帮人赶紧都出来了,秃子把门关上,站在门口双手抱肘一脸冷笑。我们听着屋里拳脚声快中有慢,慢里有疾,时而杂有宝扇哎哟哟的叫声。也就是半刻钟,屋里没了动静,就听师傅叫了一声:"春光,开门!"秃子一开门,我们看到师傅还坐在太师椅上,宝扇还跪在师傅面前,两颊微有掌痕,就知道宝扇被揍了。我们哪敢进屋,就听师傅说:"宝扇,站起来吧。要说你也是块学摔的好材料,老在我这儿怕耽误了你,从今天起你算出师了。刚才几招子,也算是咱们师徒一场,临出师教你几下子防身,切不可张狂。只是年纪大了,手上没有轻重,你挨在脸上,切不可记到心里。好了,准备一场席面,咱们也给你送个行吧!"

宝扇就这样出了师。后来他在教我们李庄猫鼻子李德水的儿子双成学摔时,和我走得很近,有一次喝多了,告诉我那天在屋里和师傅过了几招,尽管使尽吃奶的力气,把领悟的猫拳用光了,也躲不开师傅的左手,所以脸上吃了两耳光。可喜的是,师傅在比画时也确实教了他几记绝招。

虽然宝扇离了师门,但他在沏河乡比武夺得冠军的事迹被传诵一时,甚至他取胜的那几招也被传诵为武松醉打蒋门神。所以,后来有一次宝扇来我家玩,在我家院子里亮身手,做了一式单掌开砖的硬功时,爱串门的猫鼻子李德水见了,惊讶得桑葚子差点掉了,非要宝扇收他儿子双成做徒弟。双成当时也就是十二三岁的样子,高兴得马驹子一样,也闹着要学绝世武功。当时宝扇已经出师了,按照江湖规矩可以收徒弟了,所以宝扇当场就答应下来。

论说,按学捶行里的规矩,人家都是徒弟到师傅家学,这双成倒是省了劲儿,都是宝扇来他家里教。我那时候虽然刚懂人事,但也明白宝扇为啥不顾捶匠行里最讲究的师道,就是因为双成的姐姐双巧很漂亮。当初我们这帮师兄弟到高老庄学捶,每次在乡村公路上疯跑时,宝扇就老是向我打听双成的姐姐有婆家没有,现在人家就在身边又端茶又送水的,那宝扇教起双成该有多卖力是可以想象的。这情形,连我爹都看出点眉目来,但双成的爹猫鼻子却高兴得不得了,双成的娘更是高兴得头上痒痒腚上挠。每周六晚上宝扇来教双成,他们家又杀鸡又买酒的。拳法教过,酒肉吃了,猫鼻子李德水还要提着马灯送送宝扇,因为那时候我们那儿地里种的大都是高粱玉米,两个庄的人图近,庄稼地里就生生走出了一条小路,晚上一个人在高粱玉米地里走,难免有些瘆人,尽管宝扇武功盖世,但猫鼻子送送也是个礼节。

本来我和宝扇是同门师兄弟,但因为宝扇出了师,所以他教双成学捶,我是不能在旁边看的。有几次宝扇周六来教双成,念着我和宝扇是师兄弟的情分,晚饭时猫鼻子就让双巧来叫我,去陪陪宝扇。头一次我爹不好拒绝,就让我去了。当时双成全家的热情几乎要把我融化了,后来吃完饭,我才知道那热情是对宝扇的。席中我还以为自己很幽默,一说话双巧就笑出一嘴糯米牙,就笑出两个小酒窝,还装作害羞的样子直摇小白手。

我回家把饭中局势一说,我爹龇着牙不怀好意地咻咻笑,我娘斜眼盯着他骂:"双巧是有婆家的,后秋里就嫁出门了!你猪头里面孬种点子咋还恁多呢!"双巧的对象是柴大庄的,还是个小学教师,我们李庄的人都见过,长得白白净净,吃商品粮的,双巧不过是个平常人家的闺女,人家肯要她,也就是冲着她人样子鲜亮。我爹当时哪有闲心给我讨论这个,给我一个眼色,我赶紧装模作样地跟着他进了牛屋里,我爹拦门堵住我,没头没脑地说:"往后宝扇再来双成家,咋叫你都不要再去吃饭了。我看宝扇这鸟孩子不找齐,外表光棍得像白马,骨头里面是黑骡子。娘个黑×,黑眼仁少,白眼仁多,一看就是个藏奸怀诈的鸟人!记住,以后少和他玩儿!"我心里虽然觉得我爹犯神经,但嘴上还是老老实实答应着就往外走,我爹狠狠推了一下我的后脑勺,把我推了个鹅抢食。

我爹真是个人精,眼睛够毒辣的。

果然,没过多久宝扇就出事了。那天正好是个星期六,宝扇傍晚又来教双成学捶,猫鼻子老两口去亳州给双巧买嫁妆,到天黑也没回来。拳法教了,晚饭吃完,奇怪下了小雨,双巧就打个伞提着马灯送宝扇,走的就是高粱玉米地里的那条小近路。

结果怎么样,老鼠都猜到了——就是一出乡村悲剧:宝扇被抓走,当年这事儿判得都比较重,宝扇被判了十九年。

半夜里,我爹听得他们院子里又哭又叫,还过去劝猫鼻子别声张,等想个两巧的办法再说,猫鼻子那会儿脑门上可以把壶水烧开,哪里听得进我爹的话,一跳两个高的,跑到派出所里报了警。据说派出所的八九个警察到张油坊那庄抓宝扇时,还费了不少劲,最后还是靠着电棍才把他戳翻在地。当然,柴大庄那个小学老师也不要双巧了,双巧后来远嫁太和县原墙集,婚后两年也没生小孩,我们李庄的人都说这是报应,又没办成真事,也就是拉断条裤腰带,生生断送了人家十九年。那年也巧,我爹制造的一个大号老鼠夹子先前支在哪儿都忘了,突然有一天夹住了一条黄鼠狼,从一堆陈年劈柴底下窜出来。那条黄鼠狼膘肥体壮的,一身毛叶油光光的,一看就知道是个有道行的,猫鼻子当时从墙头上看到了,马上过来给我爹半盒香烟,把那条黄鼠狼要走了。因为我们那儿有一条迷信传说,说是女人不怀孕,逮条黄鼠狼炖一锅汤一喝就好。果然,第二年秋天,双巧就抱着一个刚三月的胖小子回娘家,一看那小孩黑眼仁少白眼仁多,我们李庄的人嘴坏,都说那小孩肯定就是宝扇的。我爹也见那小孩了,回家眉头皱成一把,说:"早听我的话,别吭,别吵,别闹,别报警,悄不丁地把那头退了,这头接上,也是一桩好姻缘,到现今,一家子爹是爹娘是娘,儿子是儿子,多好!"

说到这儿,我还要再说几句题外话。

前年我回家探亲,听说宝扇刚巧也回来才几天,就赶紧跑到张油坊那庄去看他。近二十年岁月流转,张油坊那庄居然没有变样,但宝扇家原本红漆大门已经失色掉漆,斑驳一片,院墙上也长满了墙头草。我仍然没有叩打门环,推门就进,随口还喊了一声:"宝扇在家吗?"没有人搭腔。院子里伸着一领秫秸箔,箔上是一张蛇皮袋子缝制的大单子,单子上摊着刚淘好的小麦。张瘸子坐在门口,手边一根竹竿,我试着叫了一声张大爷,他也不应声,只是扬起竹竿,嘴里赶鸡似的发出一声"噘哧哧"。这时候,张彩莲从墙头上探出头来,我一看,她也不似二十年前的她,变得肿鼻囊眼,一张脸胖成了大蒸馍,便扬手向她问声好。张彩莲居然一下子就认出了我,她先瞥一眼张瘸了,然后响响快快地对我说:"你不是李庄的帮助吗?当兵这么多年了,也没咋变样!哦,你也是来看宝扇的吧？心意到了就好，省省心回吧。他走刚两年他娘就去世了，他爹等了一二十年，也瞎了，也聋了；你们都是师兄弟，就行行好，别来打扰宝扇了，就让他好好在家尽尽孝心吧。再说，他还咋好见你们这些熟人呀！"如此故人不相见，真让人一肚子怅然，但事已至此，我哪里还有话说，便朝墙头上我青少年时代的偶像招招手，出了门来。

正是：说东道西，不过是乡下秧子结出的乡下小果儿；

谈瘪论圆，也就是大千世界画下的无缝小圈儿。

## 拐弯远走他乡

这回要说康寨的拐弯。

康寨在我们李庄东北角，离得没有二里半路，甚至远一点的庄稼地头搭地头。早时候我们两个庄还是一个大队，后来叫作行政村，其实也就是换个名称，大队部还在康寨那庄。拐弯的爹叫康向前，以前是个杀猪的，因为见的世面多，嘴头子灵活，后来当了大队书记。据说康向前年轻时是细条个，以后当屠户，猪肉吃多了，才长得肥头大耳，脸胖得更是凶，整天披着一件过膝的呢子大褂，特别衬那张胖脸；这个人烟瘾还奇大，又不抽寻常香烟，整天叼着一支用褐色包糖纸自卷的粗大烟卷，别人称之为炮筒子，康向前自称英国雪茄。因为有一次，他到我们小学赠送书本钢笔之类，校长耿大马屁恭维他这副样子、那副神态,尤其是那支粗大烟卷,特别像伟大的英国首相、世界十大伟人之一丘吉尔。校长是在全校师生欢迎大会上这样说的,全校光小学生就有四百多,这就等于向全亳州宣布了这个称呼,加上我们那儿人人口顺,从此都叫康向前丘吉尔,熟人当面叫他丘书记,背后叫他丘吉尔。时间一长,康向前就变成了丘吉尔,他为此还很得意,有一次市里开三级领导会议,市长在主席台上问了一句:"康寨行政村的丘吉尔来了没有?"康向前马上起立举手,高声应答:"来了!"

现在想一想,丘吉尔在当年真算得上是个铁腕书记,上级布置的任务他没有不领先挂帅的。先是缴公粮,后来交提留款,做河工,修公路,抓计划生育,我们康寨大队都是头名。特别是计划生育,你要是超生了,丘吉尔让你上午交罚款,你下午交都不行,中午他就派民兵扒你家房子,牵你家大牛牛,牵你家小猪猪。老实说,当年丘吉尔在抓计划生育方面没少得罪人,特别是那些头两胎是闺女的,想再要个儿子,老丘才不管你传宗接代的封建观念,马上派人把你押到乡卫生所"骟蛋子"——可以说,丘吉尔就因这个确实结下了一些冤家对头。

表面上看老丘像个粗人,可心眼里鬼精,他知道自己得罪人很多,所以,他先做了两手防御措施,先是让大儿子怀义参了军,把自己搞成了军属;再托人说情,让小儿子拐弯到高老庄学捶。说起来惭愧,我也是老丘的受益者,当年我当兵,还多亏了老丘连续三次跑到溮河乡武装部里力保我。当然,这里面也是有原因的,因为我爹和老丘是表兄弟,到底从哪儿续上的这门表亲戚,我实在说不清,反正那时候在农村,这类驴尾巴吊棒槌的拐弯亲戚很起作用的。况且,一直到现在,逢年过节我们两家还走动着。

因为老丘是个出了名的霸王,所以拐弯平时说话做事也很有霸王作风。比如,拐弯本来长相很可怜,但在一般大小的鸟孩子中,甚至在我们师兄弟中,他总是大拇指一竖,自封为玉麒麟卢俊义,拔了尖儿地漂亮。我们都在师傅家听过几段《水浒传》,虽然没见过卢俊义的风采,但要说拐弯就是玉麒麟,打死我们也不相信。大家请看拐弯这位玉麒麟:齿白唇红细条个儿,一双金鱼眼,一嘴大板子牙,脸太长,长得没法拿尺子量,要问到底有多长,这里有个比较——三十六岁的驴脸有多长,拐弯的脸就有多长。

别看拐弯这副尊容,但他整天调起皮捣起蛋来,那是没边没沿的。小时候他动不动就朝牲口屋里钻,先是拿棍子打牛,因为他要观赏牛龇牙,接着捂驴身上的牛虻玩,结果被大叫驴踢了一蹄子,还好,没伤着别的,就是把左手无名指踢断了。当时他爹老丘也没当回事,就随便到大队卫生所包扎了一下,结果痊愈后这个手指头叛逆了,攥拳头时它翘着,伸手掌时它弯着。这根手指头倔得驴驹子样儿,特别符合拐弯的性格。

虽然拐弯在平时瞎玩时很机灵,一到真正学习他就整个成了糨糊桶,到高老庄学捶被秃子掐了无数次二头肌,一招狮子摆头他就是学不会——这个一会儿再说,先说他上学吧。

拐弯比我大三岁,我上五年级时居然和他成了同学,就像刘庄的老尿和保国一样。老尿和保国那二位不过是四年级五年级留两级,拐弯比他们更能沉住气,从三年级到五年级连留三级。论说这样的老牌留级生基础知识比较扎实了,但一篇短短的文言文,他死去活来就是背不会,语文老师把他的耳朵都快拧掉了,他还是不会。当时教我们五年级语文的老师叫杨鼎,我们都叫他大洋钉。大洋钉比较有个性,小个子,还没有老牌留级生拐弯个头高,年龄也不大,头发老长,还是少白头,老戴副镀金边眼镜,长相有点像郭沫若,走路小碎步,沓沓,沓沓,沓沓,一边晃动脖子东张西望,那副尊相、举止、小矮个,与短腿四眼狗有一赛。可是,人不可貌相,大洋钉教五年级语文全县排名第二,就为这个,大洋钉平时在学校里连校长的账都不买,更何况我们这些小学生。虽然大洋钉知道我们几个在高老庄学捶,但他根本不放在眼里,尤其是我们几个学捶的要是做错了作业,或者背错了书,他就揪住我们的耳朵转圈,还一边转一边问这叫啥招,我们就说叫揪耳朵,大洋钉一听,揪得更疼,转得更快,还教导说:

"就知道揪耳朵,就知道揪耳朵!我告诉你吧,这叫老头端灯!"靠他娘,大洋钉说得还真形象,揪住耳朵,小指扣住下颌骨,真像端灯一样。老实说,我们这几个学捶的,当年没少被大洋钉端灯,要不是拐弯后来破了他这招,恐怕他得一直给我们端到初中一年级去。

那天下午又是背书,就是那篇"蜀之鄙有二僧,其一贫,其一富。贫者与富者曰,吾欲之南海,何如?"大概就这样的,可是,拐弯连这样的都背不出来,大洋钉气得两眼泪汪汪的,上前就端灯。可是,他揪住拐弯的耳朵刚转两圈,拐弯就给他急了,啪一式狮子摆头,挣出耳朵;接着一式金丝缠腕,叼住大洋钉的手腕,转身一个大背挎,扑通一下把大洋钉摔到地上。大洋钉在地上摆个黄狗大晒蛋的姿势,疼得哆嗦着嘴唇直吸溜嘴,两眼还掉了两滴猫尿。拐弯愈加得意扬扬,指着大洋钉大声吆气地问:"这叫啥招?这叫啥招?我告诉你吧大洋钉,这叫小二姐背包袱!"大洋钉爬起来,苦着脸朝拐弯指了三指,半天也没有说出话,然后一甩手,夺门而出,下半节课都没给我们上。

拐弯这一式小二姐背包袱,彻底废了大洋钉的老头端灯,大洋钉揪耳朵的教育恶习从此绝迹了。当时我们几个师兄弟特别崇拜拐弯,老尿、保国和我还凑了三毛钱,跑到校外小卖部买了三十颗水果糖,几个鸟孩子分着吃;因为拐弯战绩辉煌,居然比其他人多分到五颗。拐弯也觉得自己英雄盖世,嘴里含着糖果,咕咕哝哝给我们讲卢俊义大战史文恭。因为大洋钉没上下半节课,所以拐弯讲了半下午,讲得眉飞色舞,讲一段还吃一颗糖果,讲到放学还没过瘾,还非要我们几个到他家里看《水浒》画书。好在那时候我们小学离康寨只有半里路,于是我们就跟着拐弯浩浩荡荡地开到他家里。

  结果很是不妙,一推开大门,就见丘吉尔拿根半截棍在院子里站着,叼着半截英国雪茄,一看见拐弯,上来没头没脸就是一棍。拐弯讲《水浒》的兴头还没过去,这当儿见棍子来了,便乘着兴奋劲儿一式云里小翻身,躲了过去。这下惹得老丘上了火,叼着烟,迈大步,双手握棍子,啪啪啪,一路发了疯一样打过来。拐弯的娘从屋里出来喊叫半天,老丘也没住手。结果鹅发疯一样扑腾大半天,一棍也没打着拐弯,老丘站在那儿反倒自个儿愣了,看看棍子看看拐弯,看看拐弯看看棍子,我们几个鸟孩子不由得哄堂大笑起来。老丘更是恼羞成怒,从嘴上夹下英国雪茄,破口大骂:"狗日的拐弯,能得你吧!在学校打老师,回到家给你爹打,拿钱让你学揸学出本事了啊!×你娘,你等着!"说了,把半截棍一扔,又叼上英国雪茄进屋了。我们这才明白,下午大洋钉后半节课没给我们上,原来跑到丘吉尔这儿告状来了。我们几个正准备把拐弯拉走,老丘拿着以前干屠户时的那把杀猪刀出来了,我们几个哪里还能笑出来,顿时焊在那儿,不知如何是好。拐弯的娘也是个驴脾气,一手叉腰,一手指着拐弯号叫:"拐弯,你给我站着别动,看这个老龟孙敢宰了你!"拐弯本来就没听过他娘的话,这时候更不听了,一见老丘气势汹汹冲过来,他马上一转身,几下蹿到院里那棵两搂粗、五丈高的大椿树上了,比狸猫都快。气得老丘干瞪眼,站在那儿一手挥舞着杀猪刀,一手夹着英国雪茄,仰着脖子咆哮如雷。拐弯高高在树上,哪里还有个怕字,瞅工夫他还剥一颗糖果扔嘴里,用舌尖顶着糖果冲下面老丘做鬼脸。老丘差一点儿气抽筋,挥舞着杀猪刀咔咔咔砍树,砍了十几下,愚蠢的大脑才醒悟过来,马上把杀猪刀一扔,进屋拿把尺把长的解榫小锯出来了,也不搭理谁,一屁股坐地上,开始从树根哧啦啦锯起。当年我们那儿虽然还穷,笑话事儿还是天天见的,但丘吉尔这么笑话的事儿还是大闺女坐轿子头一次,顿时,我们几个鸟孩子都笑得受不了。拐弯的娘本来愤怒得噘着嘴,一时间也跟着笑得直拍大腿,一边拍一边说:"老龟孙,平常精得猴一样,没想到你也有今天!鸟人气糊涂了吧!这么粗的树,这么小的锯,你八天也锯不断啊!"

　　后来这件事成了个大笑话,传得全康寨大队都知道了,以至于哪个庄里的鸟孩子一上树,旁人就要拿锯去。

　　当然,上边讲的是拐弯小时候的事,都相当捣蛋。当时,包括我爹,很多人都认为,拐弯真是丘吉尔的孽障,这辈子可够老丘收拾的。但是,没有多久,拐弯不但不上学了,还一下子变成了个又守规矩又懂礼貌的年轻猴,这真让很多人没了闲屁,包括我爹,居然整天拿拐弯为楷模教育我:"看人家拐弯多懂事,手放手地方,脚放脚地方,见人咧嘴笑,不笑不说话。哪像你,人前下巴颏仰上天,给人露个笑脸还能小了你?"

满打满算,拐弯上了十年学,才算上完了初二上半学期,下半学期说破大天也不上了,耳朵被老丘揪得像弹簧一样,拐弯也不再去上学了。老丘看拐弯也不是块上学的料,就干脆先漫地放羊随他浪荡一阵子,准备明年找找门路让他当兵去。可惜的是,拐弯当兵的事还没有影,他当兵的大哥怀义第二年秋后就复员回来了。老丘本来想,凭自己好歹是个大队书记,怀义在部队咋说也能混个干部,拐弯以后当兵也有个照应,现在一头抹嚓一头咔嚓,还有什么好说的。老丘一气病了半个月。我爹和老丘是表兄弟,平时处得也不错,听说老丘病了,就去看他。老丘装模作样地半靠在床上,叼着英国雪茄,对我爹直抖搂手:"爱咋咋去,都不是成材的货!×他娘,往后谁吃屎我也不管了!"我爹就说:"丘书记,你这样说可不中,以后帮助当兵还指望他表叔你呢!"老丘一听这话,马上把英国雪茄夹下来,神色郑重地说:"帮助这孩子我得管,这孩子学习好,比拐弯这个牛日的聪明一千多倍,当兵会有出息的!"说话口气凛然,好像一个鸟大队书记多管用。

事实上我也没有像老丘说的那样花朵般的好,怀义和拐弯也没有像老丘说的那样豆腐渣般的糟。怀义脑袋里虽然只有一根筋,但他人样子鲜亮,又刚从部队回来,穿着打扮言谈举止,都还有着部队的讲究,那洒脱样子,当时要是把他称为玉麒麟,估计没几个人有意见。当过兵的都说,复员回家,两手抓瞎,但怀义复员回到家里,马上就有了营生干,回来刚半个月,就把老丘以前的行当捡起来了——这时候,我们全康寨大队的人才知道,丘吉尔的大儿子怀义,在家时光棍得人五人六,在部队干了三年,一直养了三年猪,每到逢年过节,连队杀猪都是他干的。×他娘,丘吉尔还整天在人场里说他大儿子给师长当警卫员,马上就提干当营长。

由此可以看出,那时候在我们那儿,杀猪宰羊还都是下九流的行当。然而,杀猪虽然是个下艺活,但白刀子进去红刀子出来,很是快意恩仇,比较刺激,这很符合拐弯的天性。所以,拐弯才不管谁的邪风吹臭屁,只管跟着怀义干得很欢,怀义杀猪,他就拽腿;怀义吹气,他就褪毛,兄弟两人合作很默契很愉快。哥俩每天杀两头猪,两刀劈成四扇子,逢单赶王桥集,逢双赶氾河集,天天都能卖七八百块,除了本钱,每天净赚三百多块——这个钱数在那时候非常了不起,当时一个中学老师每月也不到二百块,乡长每个月也就是三百来块,也就是说,怀义和拐弯一天就挣乡长一个月的工资。但是,那时候我们那儿的人脑筋还没到春天发芽节期,看待事物比较单纯,直白了说,就是不认钱,只认社会地位,傻到高尚的程度。所以,一开始老丘不赞成怀义和拐弯杀猪也是可以理解的,不过时间长了,他也就默认了,因为怀义每天给他炒两个猪腰子吃,恢复了他从前的嗜好不说,还每天交给他一沓票子,这么简单就把他满肚子屁话消解了。

论说这日子越过越好,但就像知识分子开导倒霉鬼时常说的那句话:人不可能永远是一帆风顺的,生活的道路不可能永远是平坦的。凭我这拙嘴笨舌,肚子里也没有洋词绕圈子,就直说了吧:怀义当兵前定的那个对象要悔婚。

怀义那个对象是王桥集西南角郭寨的,叫凤芝,是个高中生,她爹是乡里信用社主任,家里有钱,人长得又漂亮,真是杨柳小腰,樱桃小嘴,走动间一股香风扑鼻而来,朝你一卖眼,就是不笑,也能迷死人。有一次我们李庄唱泗洲戏,凤芝来听戏,在戏场里回眸一笑,年轻猴顿时倒地一大片。就这么个有风有色的大闺女,眼窝子浅得盛不住一颗泪,当初和怀义定亲时,啥彩礼都不要,就图人家马上要当兵,原本以为怀义相貌堂堂,到部队起码也能当个营长,她也好随军前往大城市,结果美梦没做成反倒尿一炕。她悔婚还有的是理由,说啥怀义不诚实,每次写信问他干什么,他都说给师长当警卫员,结果喂了三年猪,爱情,爱情怎能容得下谎言?要是结了婚,那她的婚姻岂不是谎言和欺骗构筑的空中楼阁吗?

这么洁白的理由,根本没有嫌弃怀义复员回家杀猪的影子;这么个大道理一说,弄得老丘家反而没有理了。人家郭寨又不属于康寨大队,你老丘能喝人家蛋黄儿?一时间怀义也没了主意,天天赶集卖猪肉时丧眉耷拉眼的,回到家杀完猪,就坐在褪毛开膛用的案子上抽烟,还眼泪汪汪地悔恨当初不该欺骗人家。

眼看着这门婚事就要成了缺水的豆芽儿,可是拐弯不干了,因为怀义当兵三年,拐弯给凤芝家当了三年临时工,每年到了庄稼季子,凤芝家只有五姐妹,又没有能扛活的兄弟,都是拐弯骑着自行车到凤芝家,又割麦又收豆子,又犁地又撒肥的。虽然那时候拐弯也就十六七岁,但人家看他个子大,干脆就把他当驴使唤。我们那儿有个不好的习俗,结婚前给丈母娘家义务打工是天经地义的,哥不在家兄弟替上也是常见的,但有拐弯这样卖力的却不多见。拐弯不光给凤芝家干活,还很少在她家吃饭,怕给人家添麻烦——鸟孩子多懂事啊!有无数次,拐弯都是在凤芝家干完活,一脸灰一身土一头汗地到我家吃饭,因为他回康寨或者去郭寨都得路过我们李庄,到我家吃饭是因为他实在累得骑不动自行车了。按我爹的话说,就是累孬种了。我娘很心疼拐弯,每次都给拐弯做好吃的,就是下碗面条也要卧个荷包蛋,还一边看着拐弯吃,一边鼓励他:"拐弯,你哥不在家,你得给人家好好干,亏不了你,凤芝不是有三四个妹妹吗,说不定她娘看你能干,把凤芝家妹妹许给你一个。"拐弯一听就咧嘴嘿嘿笑,好像他也有这个打算一样。

当然,也不光是拐弯老替他哥怀义给凤芝家干活,逢年过节凤芝去他家扛的东西也不少,孝敬着呢,就是平常日子,也经常到拐弯家走动,因为她爹是乡信用社主任,经常收点烟酒啥东西的,凤芝也给老丘送去,又不会骑自行车,都是就那么挎着个花包去的。老丘家摆一桌子好吃好喝的就不说了,凤芝走时,拐弯还得骑着崭新的自行车送她。一到这情景,拐弯别提多风光了,高兴得小鬼马上托生一样,骑着自行车,驮着未来的漂亮嫂子,在乡间小路上比开摩托都快都神气。

那时候我已经到双沟上高中了,住校,只有每星期六下午回家,星期天下午再回学校。有一年春上,一个星期天下午,我骑着自行车去学校,真巧,在路上迎面撞见拐弯带着凤芝回郭寨。当时都下了车,穿着新褂子的拐弯像个外交官一样,彬彬有礼地给凤芝介绍:"这是帮助,我老表。"——我们那儿表兄弟都简称老表——然后又很礼貌地给我介绍凤芝:"这是咱大姐,叫大姐。"——我们那儿,兄弟把没过门的嫂子称大姐。当时看到凤芝,我眼神都不会拐弯了,哪里还会叫大姐?拐弯看我一副鸟样子,瞥我一眼,马上骑上自行车驮上他大姐飞驰而去。当时季节也给趁劲儿,正是油菜花开,看着拐弯骑着自行车驮着凤芝在乡间小路上飞驰,路两边油菜花遍地金黄,我还以为在电影里呢。

往事如此美好,拐弯哪能忘记,虽然不可能再重复,但拐弯也不能就这样把它忘了。从媒人柴铁嘴把凤芝家要悔婚的话儿正式过给老丘家那天起,拐弯就开始了漫漫长征路。他天天上午和怀义赶集卖猪肉,下午让怀义一个人杀猪,他则骑着自行车去郭寨凤芝家跪门子——这个赖招也是当年我们那儿的一习俗,啥事给你家说不妥了,就天天跪在你家门口,啥时说妥了啥时不跪了。一开始凤芝家哪买拐弯这个账?虽然她家没有兄弟,但堂兄弟还是有七八个的,先是上来挖苦,挖苦就带来口角,口角就带来动手,凤芝家七八个堂兄弟围着拐弯撒开手脚猛打。这正合了拐弯的意,好像不知道去年泚河乡举办民间武术友谊赛拐弯得过冠军似的,结果呢,结果就不说了。反正拐弯第二次去跪门子,凤芝家七八个堂兄弟连影子也不见了。好汉拐弯,真有恒心,从当年后秋里一口气跪到来年正月底,凤芝家被跪得崩溃了。令人意外的是,铁棒磨成了针还不算,恐龙蛋也孵出小恐龙了,也就是说,凤芝不仅答应了和怀义结婚,她娘还把她妹妹巧芝许给了拐弯,因为丈母娘觉得拐弯能有这种恒心,万事还能有干不成的吗?真是福无双至福双至,拐弯的喜出望外是可想而知的。从那以后,拐弯自行车后边带的再不是嫂子凤芝了,而是凤芝的妹妹,他对象巧芝。不过,巧芝远没有凤芝漂亮。那年暑假里我赶王桥集买盐,碰上拐弯和巧芝买衣服,别看巧芝长得不咋样,但挡不住她酷爱打扮,人本来比瘦猴还瘦,还非要买那件米色紧身T恤,结果到屋里试穿好,出来一看,几乎把我吓休克:这哪儿是大闺女,肋骨毕现,整个看去,简直就是一块搓衣板上面钉两颗图钉。

论说到这儿好事已经成双,拐弯的故事可以有个好结尾,但问题是,拐弯的命运不是这样的。

我上高三那年,拐弯家出事了。

因为马上就要高考,所以我爹就把我当作劳改犯看管起来。除了每周六晚上我到高老庄学捶他不管,周日我就得老老实实在家做功课,动动脚步他老人家就拿着狼牙棒在大门口比画。就是到茅厕撒泡尿,只要我爹在院子里,我去茅厕时也得一边走一边自言自语:"尿泡尿。"这还不算,星期天上午还让我下地干活——我爹说得好,别老憨在屋里看书,也到庄稼地里呼吸呼吸新鲜空气,活络一下脑子嘛!

那天我和我爹在庄东北角自家春芝麻地里锄草,抬头就看见康寨村南地里一片大瓦房,青砖红瓦,煞是气派。前后庄的人都知道,那是丘吉尔给怀义和拐弯刚盖的房子,因为哥俩杀猪赚了不少钱,因为去年端午节怀义和凤芝刚结的婚,因为明年春上拐弯就和巧芝结婚了。当时我爹还指指点点,句句话里都是羡慕的词儿。正说着,就见地东头公路上一辆小四轮拖拉机正跑着突然停下来,接着从车厢里下来十多个年轻猴,拿着刀枪棍棒,一脸杀气地朝康寨庄里面跑。凭我们乡下人的经验,就知道这不是好事,可能是寻仇解恨的。当时还有一些旁人在自家地里锄草,一看这光景,知道康寨马上有好戏,立即扛起锄头就朝康寨奔。我爹也是爱景事儿的,顿时荷锄在肩,也跟着去了。

我那段时间被各种功课搞得有点智障,对打架之类的哪还有兴趣,就站在那儿看路上的小四轮掉头。那辆小四轮刚掉过头,就听康寨庄里边杀声连天,眼见着刚才冲进庄里的一群年轻猴往庄外飞速撤退。接着,就见丘吉尔拿着一把大斧头,怀义拿着一把杀猪刀,拐弯拿着一把剔腔骨的厚背大砍刀,父子三人血流满面地冲了出来。拐弯冲在最前边。一个魁梧的年轻猴两臂刺青,满头黄发,披毛狗一样,手里拿着三截棍,试图和拐弯对阵,结果被拐弯一刀劈断了三截棍,吓得回身就逃,拐弯紧追不舍,眼睁睁追上,眼睁睁手起刀落,眼睁睁披毛狗趔趄一步跑得更快,跑出三丈之后,跌倒在地不动了。马上有几个年轻猴挥家伙挡住拐弯,另几个年轻猴架死狗一样架起披毛狗,飞也似的朝小四轮那儿跑。

后来这桩杀事成了全亳州市的重要案件之一;当时人们纷纷猜想,可能是丘吉尔先前抓计划生育时积下的仇怨,但派出所调查很长时间也没调查清楚。老丘虽然霸王一世,但当夜也被那场仇杀吓得丧魂落魄,尿湿了两床被子。拐弯第二天就逃奔他乡,因为当晚就有好多人传说他劈断了那个披毛狗的脊梁,破了心肺,正在医院抢救,据说可能撑不了三天。当然,这些都是过了好几天我才知道的。

说来也巧,拐弯逃跑那天我正好撞上,只不过当时我还不知道他要逃跑。平常我都是星期天下午回学校,因为马上高考,星期天一大早我就骑着自行车往学校奔。本来我那辆自行车也是新的,但我爹一怕我骑着新自行车满地卖光儿,二怕新车入了贼眼给偷了去,他老人家无比聪明地把可以卸下的零件全部卸下来,前瓦后瓦车链瓦,后座架子,要是轮子卸下来还能跑的话,老人家肯定也得卸下来。然后找条破旧麻袋把卸下来的零件包了,吊在牛屋里梁头上。我每天骑着被彻底简化的自行车,心里老觉得怪怪的,就像光屁股在车水马龙的公路上飞跑。

我骑着我的高级自行车刚拐上通往泚河的公路,就看见拐弯挎一个鼓囊囊的黑皮革包站在路边张望,一脸狗等着要吃热屎的神色。一看见我骑着自行车,拐弯马上笑嘻嘻起来,非让我带他去泚河。虽然我的高级自行车没有后座,但根本难不住拐弯,他双脚踩在后轮轴承两头,立着身子,双手抓住我的双肩,就那样像玩杂耍一样一口气骑了二十里。一路上搞得我片刻也不能分神,竟忘了问他昨天拿刀砍人的事。到了泚河,刚好从阜阳到亳州的票车才上好人正要走,拐弯几个箭步冲上票车,手扒着车门子扭着脖子朝我喊:"老表,你还上个鸟学啊,赶紧回去给我爹说一声,我坐上票车了!"

就这样,拐弯一去再没了踪影。本来,那个搓衣板巧芝都准备好了,闪过年春上就和拐弯办喜事,结果等了三年也没有等到拐弯一封信,最后只好嫁给了我们李庄的朝中,朝中本是个邋遢货,自从娶了巧芝,衣服洗得比谁都干净。

　　左右再没有比丘吉尔更后悔的了,当初就是他错误判断了形势,让拐弯远走他乡,事实上根本没必要,因为那个着了拐弯一刀的披毛狗,只是左半边屁股被劈开了,弄了两个腚沟子,当天被抬到医院,医生唰唰唰几针就给他缝好了,但他赖在医院里不走,还往外放出恶风,准备讹诈丘吉尔一回狠的。结果把拐弯吓得十几年没有踪影。眼跟前一下子没有了拐弯,老丘才知道拐弯是自己的心头肉,披毛狗的真相大白之后,老丘和怀义把能想到的人都打听了一遍,也没找到拐弯。时间长了,谣言也出来了,说拐弯在哪儿哪儿被火车撞死了,在哪儿哪儿盖大楼给砸死了,等等。说多了,老丘反而不信了。我当兵走时老丘还嘱咐我别忘了打听一下拐弯,后来我每次回家探亲去看老丘时,老丘都还让我打听拐弯到底在哪儿。

　　去年八月,我随一个采访团到漠河某部采访一个非常重要的先进典型,采访间隙,有两个女记者非要我陪她们逛逛边塞小镇。那个小镇也有几分边塞风光,旅游的人很多。当时根据要求,我们都穿着作训服和作战靴,这在小镇上比较显眼。我和两个女记者正在人群里东走西看,突然有人喊了一声:"那不是帮助吗?"我扭脸一看,一个胡子拉碴的长脸汉子光着膀子,手提尖刀朝我冲过来。人群尖叫着一闪,两个女记者顿时号叫着消失在人群里。仓促中哪里细辨来人,我空手入白刃一式马蜂窝旁摘仙桃,卸了他手中的尖刀,接着一式燕青擒贼剪其臂将其踢倒,没想到这人也不反抗,反而扭脸对我龇牙一笑:"老表,都二十多年了,你手脚还这么麻利!"

大家都猜到了,这就是拐弯,只是胖了很多,又留了胡子,我一时哪里认得出。当下被拐弯拉到他铺子里,原来他还操着旧业,在这么个边塞小镇大卖猪肉。当时他两个儿子也在铺子里忙着,一个个膀大腰圆,长得漂亮,面孔都像混血儿。拐弯兴奋之至,呼小儿回家拿几瓶古井贡酒,呼大儿去饭店点几个好菜来吃,然后和我吸着烟大谈如云往事。我先给他说了披毛狗讹诈的事,又报了他家里平安,接着问他为啥这么一二十年都不给家里写封信,没想到拐弯咧嘴一笑,龇着大板子牙说:"当年就是砍死那个驴日的,我也没啥怕的;老表,我给你说实话,我怕的是巧芝找到我啊——要不是为了我哥能娶上她姐,我哪里能答应要她,好歹当年我也是出了名的玉麒麟!幸亏出了事,我高低有个推托才跑得远远的!×他娘,想起来当年,硌死我了!"这个荒唐理由真让我悲喜莫名,不过我很快就本能地理会了,就告诉他巧芝嫁给了我们李庄的朝中,添了两个小孩,大的现在都快上大学了。拐弯皱着眉想了半天,才想起了朝中是谁,就哧哧笑了半天,说:"今年我就回家过年,说啥我也得好好请请他,剩下的罪都让他替我受了!"说话间,一个俄罗斯大嫂进了铺子,拐弯马上站起来,朝她大挥其手,高腔大喉咙地说:"莎莎,莎莎,我的好莎莎,快来坐下,这就是咱老表帮助,就是我整天给你说的那个老帮!"我注目一看,哎哟,前边两座小山,后边一座大山,这回拐弯可算是掉进肉囤里了,就是他做铁牛耕地时来一招千斤坠,也不怕硌着肋骨了。

正是:顽劣男儿,好的是解衣抱火偏偏地常惹灾祸;喜性鲶鱼,亏得能脱网就渊悠悠然远游江河。

## 治安胡打溜球

在说治安之前,我得先解释一下啥叫"胡打溜球":这是我们那儿的方言,我理解就是一个人干啥事都没个准谱,我们学校的老师耿麻子将其解释为人生没有崇高的目标,治安本人就像他写的作文一样,根本找不着主题;我爹说得更简单明了:胡鸡巴混。我觉得我爹的解释更接近这个方言所要表达的意思,也更符合治安这个鸟人一贯的言谈与行迹。

治安这个鸟样子,和他三个哥一样,基本上都与他爹言传身教有关——也许各位看官注意到了,我在讲述这几个师兄弟的故事时,一开始总是先介绍他们的爹爹,这也是我们那儿几百年的规矩,无论何时何地,首先都不能忘了自己的爹,决不能像有的地方有的人,一杯洋酒下肚就记不住自己的爹是谁了。

治安的爹外号叫周大蹄子,因为他的脚特别大,全亳州都买不到那么大的鞋子;据说治安小时候藏猫猫都是藏在他爹鞋旮旯里。周大蹄子在我们那儿是个有名的神人,整天南集北集摆个摊子给人治牛皮癣、治秃子、点癍雀、除瘊子,外加鹩哥叼卦。前边几项街边的野手艺,现在我们那儿还能看到,但鹩哥叼卦这个看不到了,因为现在我们那儿都是电脑算卦了,没有人还向一只鸟鸟问时运了。我们那儿不仅把鹩哥混叫为八哥,还把所有的鸟儿均称为虫蚁子——原来我以为这个莫名其妙的俗称是我们那儿的方言,后来我看"三言二拍"时,发现古时候有很多地方都把鸟类称为虫蚁子,把周大蹄子干的这些行当称为兜缺卖哄的,这与我们那儿不同,我们那儿把周大蹄子这类人称为释巴子神——我不知道这样写对不对,反正这个不知所云的称呼可能是我们那儿特有的方言。

释巴子神周大蹄子凭着自己的手艺,结交了我们的大师兄秃子,用他的祖传(据说是祖传的)秘方治好了秃子头上天天淌黄水的疤癞,所以,治安才有了到高老庄学捶的机会。虽然我那八十多岁的老师傅端量治安不是块学捶的材料,但看着秃子帽子里不再附一沓草纸了,就闭着眼收了治安做徒弟。尽管利害关系千万重,但治安就是一个笨,就是一个开了口也不漏水的葫芦,每次学套路都要把秃子气得咬牙切齿,根本顾不得头上的问题是治安的爹解决的,治安一做错动作他就猛掐治安的二头肌。每次学捶,治安都要龇牙咧嘴热泪盈眶好几回。学完捶回来的路上,我们这几个师兄弟嘴上还拿治安开涮,每次治安都像神经了一样,眼泪汪汪地望着浩瀚的星空,喃喃自语:"他头上咋就不流黄水子呢!"

当然,这都是我们刚刚开始学捶的事情了。后来治安还是慢慢上了路子,有一阵子还比较刻苦,每天还早早起来在田间小路上跑步,锻炼腿脚,增强体力。只是有一次他遇到了宝扇,看着人家小腿上胳膊上腰里边都绑上沙袋,治安不仅没有向宝扇学习,反而一下子气馁了。主要原因是宝扇见治安晨跑,鼻子都笑歪了,还笑话他:"笨得猪腿一样,再跑也没啥用。还不趁天早,回家扢粪筐捡猪屎去!"宝扇这个鸟人,真够缺德的。从那以后,治安再也不晨练了。不过我们都能理解,因为他要再跑下去,就不符合他胡打溜球的性格了。

饶是这样,学了好几年,治安的武功还是有一些长进,甚至有一段日子他还弄出点小名气。那年腊八,他和他爹周大蹄子赶王桥集,腊月里人多,周大蹄子生意特别好,点了十几脸瘊雀,除了二十几个瘊子,虽然没有秃子可治,但鹅哥叨了十几卦,总共赚了百八十块。爷俩兴奋得穿好鞋子找不着帽子了,准备割肉买酒回家过个好腊八,结果被三个俩夹盯上了。我们那儿把扒手称为俩夹。结果就像传说的,三个俩夹被治安打倒两个,第三个拿出小攮子刚一比画,就被治安一式琵琶腿砸掉两三颗牙。当然,现场我们都没看到,都是听东西庄的人传说的,说得神乎其神,弄得那段时间我们一赶王桥集,就有人问我们认识不认识周庄的治安。有一次我们到高老庄学捶,师傅问起这事时,治安兴高采烈,把前后左右说了一遍,要不我们咋知道还有小攮子和琵琶腿呢!不过,我们师傅只是"喊"了一声,没有表扬治安。秃子见不得有人骄傲,满脸不屑地说:"也就是三个腥货贼,要是行子里的,琵琶腿给你卸成螃蟹腿。"

事实上秃子说得很有道理,治安的武功打个把常人还绰绰有余,但却经不起真枪真刀的考验,后来我们汜河乡搞的民间武术友谊赛就是明证。当时比赛开始之前,治安还恬不知耻地说他也想夺个冠军,所以他一上场,我们就看出他格外小心。可是,治安他们那组高手很多,而且上来就是棍术赛,和治安对阵的是观堂乡的一个小挫子,拿着三截棍,我们大师兄秃子说过使三截棍子是流氓,真是流氓。说时迟那时快,三五招过后,治安一式拨草击蛇,小挫子用前截棒一式拉闩迎贼,后截棒一式狐狸摆尾,治安退步一式僧人扫地,结果没扫利索,被小挫子的狐狸尾尖扫了一下右腿膝盖。幸亏我们大师兄秃子眼光利索,马上叫停,治安当时还有点不服气,但秃子坚决断定他输了。后来散场了秃子告诉我们,那小挫子三截棍确实到了境界,再比下去治安可能伤得更惨。

别看治安学捶练功撒气带跑气,但他就像他爹周大蹄子一样酷爱结交朋友,而且比周大蹄子讲义气。不管看电影还是听戏,一看见和自己年龄相近的,只要穿双白色回力鞋,就知道是手脚上挂几招儿的,他马上就一抱拳一龇牙,这就成朋友了。不过,最后和治安成为铁朋友的只有一个,那就是我的老表铁锤。

下边发个杈子,说说我老表铁锤——我要是在这儿围着治安这条戏筋转,那就不能佐证治安是个胡打溜球的人物。

铁锤是我大姑的儿子,也是个惯学捶的,他师傅就是三关镇的吴大通。铁锤比我大四岁,在我面前没一秒钟不牛×的,一见面就要比画,还扬言看看是张氏拳的关门弟子厉害,还是吴氏拳的关门弟子厉害。当然也就是说说而已,因为我老表铁锤把江湖规矩看得比他爹还重要,哪里会以大欺小。就是以前,不管到高老庄学捶,还是和这帮师兄弟在一起练功,我也从来没有提过铁锤,免得师傅多想,也免得这帮师兄弟猜测我们私下切磋互传拳脚——你们由此可以看出,那时候我虽然还小,但脑袋里脑浆比豆腐渣质量要稍微高一些的。后来治安和铁锤成了朋友,知道了这层关系,也没有多嘴,因为他也不想让人误会,所以我们见面总是心照不宣,共同守着这个关系甚重的秘密。

治安和铁锤是在古城集逢会时认识的。当年铁锤有一帮师兄弟是古城集的,和那帮年轻猴喝完酒,骑着自行车回家,在集西头和治安撞车了,治安骑个破自行车没闸,哐一下撞上了。论说，那时候我们那儿的年轻猴撞车了，肯定要大打一架的，结果一盘问就扯出了我，两个人也没打架，反又到路边小馆子里再喝一场子。就这样王八看绿豆，英雄惺惺相惜，成了棒打不散的朋友。至于他们两个私下里是否切磋过拳脚，我不知道，反正从他们认识以后，铁锤和治安走得比和我都近，每年过年，铁锤都是拿两份礼物，先到我家过个门，然后就去治安家，中午在治安家喝酒；周大蹄子也很欢迎铁锤，弄得好像铁锤的亲大舅是他一样。甚至后来治安被自行车剐掉一颗睾丸时，我的亲老表铁锤居然在医院里守了七八天——下边我说说这件事。

刚才我不是说治安有辆破自行车吗？但在那个时候，谁家有辆破自行车也是很风光的。大家还记得我骑的自行车吧？我那自行车上的零件是我爹故意卸下的，治安家的那辆自行车从买来就是光腚的，天生的裸体，我那辆自行车虽然光腚，但座子是新的，治安家的那辆自行车座子皮革破破烂烂，弹簧都在外边露着，用一块破布一裹，就那么骑着也比跑步快十倍。各位看官，请不要按现在的自行车座想象过去的自行车座，现在的自行车座是二十一世纪的，材料比较高级；过去的自行车座是社会主义初级阶段的，都是用粗糙的弹簧和粗糙的皮革制作的。当年治安就是骑着这样车座的自行车，驮着一麻袋豆子去古城集卖，他本来可以到王桥集去卖，但古城集一斤豆子要贵八分钱，所以他就到古城集卖。不巧的是,在古城集西头那儿,也就是治安和铁锤当初撞车的地方,对面来了一辆拉麦秸的小四轮拖拉机,招招摇摇的像座小山,几乎把路全占了。治安赶紧往路边靠,小四轮过去了,遗憾的是治安没过去,后边一麻袋豆子闪几闪,治安就摔倒了。巧合了,自行车座子上的弹簧钩儿钩住了治安的左边睾丸,这么一摔,那闪劲儿没法控制,生生把那疙瘩肉丸子拽出来了。

啥也别解释了,就这么回事。我当时刚上完高二,还在暑假里,一听说就往古城集医院里跑,结果看到我老表铁锤已经在那儿了。治安已经包扎完毕,赤条条地躺着,一脸僵笑,大概麻药劲儿还没过来,裆里裹着一大缕白纱布,好像日本玩相扑的。那颗睾丸还在,只是放在一个药用瓶子里,治安一家人都围着那个瓶子哭泣,好像实在不明白咋还有这样的罐头。这时候铁锤给我使个眼色,我把带的一塑料袋子梨子杏啥的往那儿一放,就跟铁锤出来了。铁锤走到一个花坛子旁边,掏根烟叼上,又夹下来,夹着烟的手一个劲儿朝我哆嗦:"我×,咋就那么巧!明明是两个蛋子的,现在变成独头蒜了!还能使唤吗?"

列位看官,不要担心,休要同情,这点小灾小难对我们乡下人来说算个啥?再说,一个人的命运哪能和一颗睾丸联系在一起?男人丢了一颗蛋子也照样可以把握自己的命运,从古到今,这样的例子也很多……当然,那时候我们那儿的人根本就不想这些没用的。

也就是半个月之后,治安就出院了,一个月之后,就丢掉了拐棍照样下地干活,和一头牛差不多,输精管锤碎在蛋囊里,也就歇三天。不过,少了颗睾丸也确实给治安添了不少麻烦,常常遭人笑话,被人讥讽。当年后秋里,有一次治安在耿竹园看电影,耿竹园的一个年轻猴,天生嘴向左边歪,我们都叫他歪嘴子,在电影场里,歪嘴子自己也不照照镜子,居然还大喊治安独蛋大侠,结果很严重,被治安一顿拳打脚踢,弄了个轻度脑震荡,肋骨还断了两三根。这下好,治安被抓到涠河派出所,马上就要送亳州看守所。

当时我老表铁锤还没有得到消息,我们那帮师兄弟闻讯之后,去派出所看治安,警察正在吃午饭,就治安一个人在院子里。院子里有一棵一搂粗的大楸树,治安就搂着那棵大楸树,两手大拇指被拇指铐铐着,想往上蹿还有可能,想蹲下歇歇腿,根本不可能。当时我们大师兄宝扇还没出事,仗着有点小名声,拿着烟去找警察说情,结果被警察轰出来了。那个抓坏蛋时颧骨上被砍了一道伤疤的派出所所长,还追出来训宝扇:"✕他娘,啥事都说情!致人伤残是要判刑的!把人打成这个样子,起码要判三四年!"

也该治安命里有个救星,正吵着,来了一辆小轿车,车里下来一个人,这个人是我们亳州市里的大官,老家就是王桥集上的。派出所所长赶紧过来,大官一问情况,一听是周大蹄子的儿子,就笑了笑让马上放人:"看问题要一分为二嘛,打架斗殴,是个农村矛盾,要结合乡村实际,判他个三五年也不能解决眼下问题,还毁了一个年轻人一辈子;我看这么办吧,包工养伤,赔礼道歉,包赔医药费,教育教育算了,给他个重新做人的机会嘛!"大官就是有水平,几句话把天大个事儿说没了。

当然,那时候我已上高三,学习正抓得紧,根本不可能到现场参观,这些都是我们那帮师兄弟传说的。我还听说,那个大官之所以救了治安一条狗命,是因为他早年没发迹时在王桥集收税,脸颊上一块牛皮癣经年不愈,是周大蹄子用偏方给他除根的。我觉得这个人不错,人家给他治好脸,他成了气候还没忘还人家个面子。

论说治安有了这个经历,应该老实点,但他要是老实下来,那哪还能对得起胡打溜球这个好名义?派出所历险没多久,就到了中秋节,那时候中秋节学校还放一天假,加上第二天正好是星期天,我可以在家两天。头一天刚吃过中午饭,我正在西屋里学习,治安就戴个蛤蟆镜鬼鬼祟祟地到我家来了。进了屋也不摘蛤蟆镜,我说你装啥香港人啊,把眼镜摘下来。那时候电影里的香港人都是戴着墨镜的。治安这才摘下蛤蟆镜,我一看,一双熊猫眼,那还用多说,肯定这两天在哪儿被揍了。果然,治安遮遮掩掩地告诉我,昨天赶王桥集相亲,碰到郭寨几个鸟孩子,都会几手,说差了苍口,在集北头废品收购站比画,结果嘛,结果你都看见了。我就哧哧笑,说切磋功夫哪有不中招的,挨揍都是家常便饭,接着练好了。治安哪里肯依,他说自己相亲时挨揍多丢人;找同门师兄弟说这事恐怕叫大家笑话,他想找铁锤帮他出这口气。我说那你找铁锤去吧,反正你俩最能尿一个壶里。治安左手火烫的一样快速捂着裤裆说:"我发过誓不再骑自行车了啊!老帮,你就跑一趟吧,到时候咱们一起去,你可以开开眼界,郭寨那几个鸟孩子绝招不少。"

当时说得我心里痒痒的。也正好中午来客我爹喝了几杯小酒儿,睡着了,我就想出去活动一下腿脚,搞点热闹看看,释放一下长期以来因各种功课压迫而来不及放的屁屁。于是,我就骑着自行车去找铁锤,治安说晚上他再来给铁锤细说。

铁锤家在古城集西北角柴大楼,离我们李庄有八九里。我骑着自行车到了柴大楼都下午头了,结果铁锤没在家,我大姑说他去古城集大解放家送月饼了。大解放是铁锤的姑老表,按照勾股定理,我们也是拐弯亲戚嘛,他家我也熟,就在古城集粮站对面,有几间门面房子,做百货生意。

就这样,我又汗流浃背跑到古城集。我刚到大解放家门面房子门口,就见铁锤和大解放几个人老虎杠子的耍酒正欢。一看见我,大解放醉醺醺地先出来招呼我,不问青红皂白,非拉我进屋喝几杯。铁锤也在屋里一个劲叫我赶紧进去帮忙,他快抵挡不住了。我一进屋,果然,屋里有两三个年轻猴,估计都是大解放找来陪酒的。铁锤坐在最上首,俨然喝得兴趣盎然,大解放加个塑料板凳让我刚坐了,铁锤就非要和我干一杯满的。我才端起杯子,就见外边来了一辆小四轮拖拉机,车厢里一群年轻猴也不等车停稳,都拿着家伙纷纷往下跳。

好歹我也是踢腿张腰练过几天的,往外一看,就知道不是啥好事,但我没想到事情会这么糟。大解放出门刚想问一句,结果被一个拿铁梢子棍的年轻猴伸手一耳光,把一句话扇回肚里半句,铁梢子棍也随之压在脖子上,大解放当场尿了一裤子。来陪酒的几个都是孬种,一见情形不对,纷纷装醉趴桌子上不动了,只有铁锤和我端着酒杯拉着要碰杯的架势。

那一群来滋事的年轻猴簇拥着一个年轻猴站在门口,门口这个年轻猴赤着上身,光脑袋像三角板一样三角形的,朝我们一挑大拇指,开始卖洋腔:"都别害怕,我们就找铁锤!"

铁锤好像也不认识他们,给他们过了几句话,才知道原来前段日子在梅城集和人结下的梁子。梅城集在古城集以北二十多里地。当时也没啥好说的,就按三角板脑袋的那个年轻猴说下的规矩:单挑。可是,那帮年轻猴不守江湖规矩,说好了单挑,还有一个年轻猴拿着一把砍刀看着我,说看我手脚也是练家子,他得防着点。当时我哪里敢动,只好眼睁睁地看铁锤给人家过招。也可能酒壮英雄胆,也可能铁锤功夫绝对过硬,给他单挑的那个三角板三招没过,就被打了个鼻梁开花,狂吐鲜血。接着那帮不要脸的年轻猴群起而攻之,还他娘的动家伙了。我有心想动,但我一动耳边的砍刀就会砍掉我的脑袋,只好眼睁睁看着他们一群人打一个,直打到粮站围墙那儿。尽管如此,尖叫声中还是有几个年轻猴被铁锤打倒踢翻。铁锤打得兴起,居然在墙壁上飞跑起来,真像在武打电影里,又像眼下一些电影里的跑酷。当时哪里有人敢去围观,一个个路人无不绕道逃窜。

当然了,俗话说双拳难抵四手,饿虎还怕群狼,最后我的英雄老表铁锤还是被打倒了,像条死狗躺在墙根那儿,而那一群年轻猴也基本上个个挂彩,挼着扯着上了小四轮突突而去。人家都没影了,大解放和那几个陪酒的还瘫在那儿起不来。我看铁锤躺在墙根处不动,就过去看他死了没有,结果我一碰他,他突然一骨碌坐起来,挥拳就打,我赶紧闪身躲过。

我说:"老表,你还能打啊?"铁锤翻着白眼盯了我一会儿,才嘟囔了一声:"你真是个孬种!滚蛋!"我说:"你刚才也看见了,人家刀压在我脖子上,我敢动吗?"铁锤这才没屁放。

说来真是奇怪,铁锤起来伸伸胳膊腿,又拍拍前胸后背,抹了一把鼻子,发现鼻子健在,也没流血,胳膊腿肋骨啥的也没有打断,他居然得意地咧着嘴哼了一声。走到大解放门前,看到几个鸟人还瘫在那儿,大解放还尿了裤子,铁锤竟然哧哧笑半天。进了屋洗了脸,照照镜子,脱掉被拽烂的上衣,顺手把大解放的T恤穿上,铁锤走了出来。除了脸上有点中拳痕迹,猛一看他不像刚刚血战一场的样子,这时候,我哪里还好意思提治安请他帮忙出口气的事,赶紧去帮他推自行车。结果,他骑上自行车回头对我说:"走吧老表,去你家住几天,我这样回家,你大姑心疼不说,还得唠叨半天。"

　　到了我家,天已经黑了,一轮明月才出来。恰好我爹酒还没醒透,兴意蒙眬地陪铁锤吃了晚饭,也没多问啥。饭后我和铁锤坐在院里说话,乘着好月光,铁锤谈兴来了,话头子黏稠,句句都是他在哪儿揍人,揍成啥样子,好像忘了下午被一群人打倒在墙根像条死狗一样。正说着,治安来了,也没戴蛤蟆镜,和铁锤兄弟哥一番。我怕他提出口气的事,就说我老表往地里拉了一下午粪,累得够呛,有事明天再说。治安脑袋虽然经常进水,但这会儿听出点话音,就憋住不提出口气的事。月亮地里,铁锤也没有注意他的熊猫眼,还接着说他揍人的事。治安在旁边插言插语地奉承着。年轻猴说话嘛,说着说着话题就拐弯了。治安说宋庄有个叫三喜的,靠流粉河边立了一座砖窑,平时一边烧窑做砖坯子,一边练武。听说他师傅是亳州市里的武术教练,棍棒拳脚和咱们乡下的不一样,到现在还没有人敢去和他摸过。当时说得铁锤来劲了,马上要去宋庄找三喜摸摸。刚好是中秋佳节,月亮如此灿烂,正是习拳练武者相互摸摸的好时光,我们几个就出来了。我爹酒意中也来了爽快劲儿,坐在门口打着酒喝,挥挥手让我们好好玩去吧。

说起宋庄的三喜,我倒认识,因为我和他弟弟四喜是高中同学,早不晚地也听四喜说过他哥跟着亳州赵穿山学掼的事,赵穿山得过安徽省武术冠军,上过全亳州的大喇叭,收音机里也播送过,名头比大锣还响。我虽然跟四喜去过他家,也见过魁梧的三喜,心里面对他也很羡慕,但从来没想过要去见识见识他的功夫,这下好,赶到榫眼上了,不管是三喜还是铁锤,凸的凹的这次全能看着。

宋庄就在我们李庄直正北,四里路出头,五里地不到。我们沿着流粉河堤,说说笑笑间到了三喜的砖窑那儿。月光刚好到了发狂时辰,照得河滩上的砖坯场沙地上雪一样白。刚好三喜正光着膀子在那儿独练,一拳一脚地飞快,也看不出是啥门派的。一看见我们走到场地里,三喜停了手,先是叫了我一声,虽然和治安面熟,却不认识铁锤,也笑着点头招呼了一下。我正要客套着把话过给三喜,没想到铁锤更直接,先是自报姓名,关系何在,又说久闻大名,今晚过来,想趁着月亮地里给大哥你学几招。三喜也是个爽快的,说既然是帮助的老表,那也没有外人,刚好砖窑才熄了火,也不用分心,走两步摸一摸,大家也交个朋友。治安赶紧说摸摸是个过场,交朋友是真格的。

一听说话就知道三喜也是熟路上的,铁锤就不再废话,一抱拳说了一声:"请!"接着拉了一个挽弓式。三喜也客气了一句:"咱们兄弟点到为止!"话音刚落,也拉了一个双翅朝阳的守式。铁锤一看,理会人家也是有礼节的,于是,一翻手花上前一步,一招白猿扳枝直取三喜面门。三喜左手一式怀素运笔格开来拳,右手一式苍鹰探爪还铁锤一记耳光。铁锤后退一步,一式道士甩拂尘破了这招,丁字步一收,摆了一式韦驮献杵守住门户。这厢三喜也收了步子,摆了一个伏虎式定下门户。

我和治安都看得明白,他们这开头一来一往不过是做个点到为止的江湖礼节,接下来那肯定招招直逼要害了。果不其然,转眼间两个人脚下步法蓦然间快了起来,只见四臂交加,腿起脚落,好似风吹来竹子摆动影子斑驳,不是行家根本看不清章法。这么说吧,他们总共过了七八十招,我要是一招招地写出来,外行也不懂,内行不在现场,光看我写的也不过瘾。还是简短捷说吧,最后三喜被铁锤一式花和尚倒拔垂杨柳掀个凌空,他顺势一个旋子落地没旋好,一屁股坐在地上。不过三喜倒也磊落,站起来拍拍屁股上的沙子,冲铁锤一拱手:"老兄手大,兄弟服输。"铁锤也来了人样子,马上弯腰抱拳:"小弟惭愧,大哥承让!"

铁锤嘴上客气,心里高兴得几乎忘了哪儿是北,我们顺着流粉河堤往回走时,他一路上摇头晃脑得意非凡,肯定把下午挨揍的事儿全盘忘个精光。加上治安奉承几句,铁锤高兴得连连来了几个空翻,立住身子后,望着河水里月光粼粼,一仰脖子竟然捏着嗓子唱起了"日出嵩山坳……"那时候我们那儿刚放过《少林寺》,此情此景,铁锤拿这首歌来抒发自己的得意情绪,真是再恰当不过了。

你看看,本来这一回说的是治安,结果被我老表铁锤插了一竿子。不过这样也好,倒是很切合治安胡打溜球的心性。好像治安把要出口气的事放下了,后来一直没再提起。再后来,我老表铁锤结婚了,娶个媳妇黑得冒烟,不过一笑牙齿洁白,铁锤对她赞不绝口,夸她是人见人爱的黑牡丹。再接着,我就当兵去了。

治安对这朵黑牡丹甚不满意,因为她,铁锤和治安交往逐渐短了。我当兵临走前去和治安告别,说起这事儿他还怨声载道,拉着嘲讽人的脸色,斜瞥着眼,说:"没想到,像铁锤这么一条钢铁汉子,一进黑火炉里就成了软面条子了!"

铁锤却没把治安丢到九霄云外,我当兵二十多年,几次回家探亲去看铁锤时,每次提起治安来他还咂嘴叹息,遗憾再三。虽然我好几次回家探亲,每次去看治安总不见他,但他后来的情况我也了解一些,简单地说,也就是因为他的睾丸少了一个,后来找对象很麻烦,人家怕他东西缺个零件不能用了,东也不成,西也不就,以致岁月蹉跎,到现在还一个人。不过,后来治安倒是有个好去处,离我们那儿四五十里的梅城那儿,有一个老板年年开几百亩桃园,也不知咋回事,就半雇半请治安去帮他看管,后来治安就住那儿了。

前年夏天我回家探亲,又去看铁锤,表兄弟喝得高兴,就乘着酒兴去看治安。铁锤的脸被酒劲顶得通红,骑个摩托带着我,一路风驰电掣,幸好没摔死,就那样飘飘欲仙地到了梅城治安看的那片桃园里。桃园靠路边有两间瓦房,治安就住在瓦房里,我和铁锤进去时,治安守着一箱子啤酒刚开始喝,一只烧鸡,半条兔子,都还没动。那还有啥说的,哥仨也不要杯子了,一人一瓶,肉嘴亲吻玻璃嘴,对吹起来。酒间聊起家常,说起往事,一会儿开怀大笑,一会儿感慨万千。我乘着酒兴劝治安找个媳妇,要是活到八十岁死,还有三十多年好日子嘛,牵牛犁地且不提了,到老总得有个说话的吧。治安笑了半天也不接我话茬。铁锤也借机旧话重提,又说治安要是早听他的,娶了耿竹园那个寡妇,现在恐怕都有两三个小孩了。三瓶啤酒下肚,治安放得开了,醉乎乎咻咻笑了一回,说:"×他娘,我胡打溜球半辈子,才明白自由自在是个好。天天小酒随我喝,年年鲜桃尽我吃,还管他娘的媳妇不媳妇!高官得做,骏马得骑,那又咋样?看看他,当年谁有他风光,眼下呢,不是我,连个骨灰盒都没地儿放!"

说着话,治安手往房梁上一指。我顺眼一看,见房梁上用麻绳吊了一个黑匣子。铁锤大概也不知道内中情况,一问治安,才知道是当年那个救他一条狗命的大官。那个大官在我们亳州市赫赫有名,我当兵那年他刚好离开亳州,当了更大的官,后来据说贪污腐化犯了国法,被判了死刑。这些我都在报纸上看过了。素时只说人在人情在,树倒猢狲散,没想到这人死后连骨灰都没人打理,亏了治安念他当年一点恩情,把这把骨灰吊在房梁上,天天守着,时刻提醒自己大事小事能快乐就快乐,每天敲一下脑袋,问一问自己那点天良今天是否安在。

正是:半世胡打溜球,管他娘长堤春去柳絮飞;一生知恩必报,谁料想细雨夜来桃花开。

## 煞尾儿一小段

夜空里一轮圆月偏了西,谯楼上响起了三更鼓,说书的倦了要煞书,听书的只好提着凳子,拉着娃儿,哈欠连天地回家睡觉,心里盼着多少热闹故事,也得等到明晚再听。因为大家都知道,乡村里的故事天天讲也讲不完,就像田地里的庄稼,收了一季还有一季,年复一年,都是如此。除非有一天土地里长满了高楼大厦,长满了工厂和花园,不再生长庄稼,不再生长杨树,那时候乡村故事才会消亡殆尽。所以,在我这头一场书里,尽管还有一些故事未讲,比如三义,比如保国,等等,当然还有另外几帮师兄师弟,以及诸多乡村奇人侠士,尽管他们的故事更有意思,那也要等到明天再说了。

按照说书的老规矩,煞尾时总要扯几句闲话。这几句闲话再说别人可能浪费,说说我咋样拜师学捶的倒是适得其所,就像我小时候写作文,讲究个首尾照应。

要说我师傅那年八十六了,他老人家本来不打算再收徒弟,但我爹往高老庄整整跑了一春天一夏天,短短半年时间,费了多少小鸡美酒不值一提,可怜见把一杆玲珑锋利的铁枪磨成了短杵,我那老师傅才念起我爹为父育子之情,望子成龙之心,收了我做他张氏拳法的关门弟子。当然,这都是我爹对我说的,不过是想让我用心学捶。事实上哪有这样简单?第二年春上,见我拳术棍棒也学了不少套路,秃子便教我可以与人对阵过招的六路短打,这拳法招式简单,也不好看,但讲究的是速度,速度上来了,那技巧和力道都自然跟上来了。因为那时候我还不懂武事复杂,对这样的枯燥拳法练起来不免有些偷奸取猾,被秃子掐了三四次二头肌,也不肯下功夫苦练一番。气得秃子拎着我的耳朵飞转了三圈,接着一式破马腿,我一个大踉跄,跌倒在地,要不是我师傅脚面子挡着,那我肯定摔个狗吃屎。我师傅当时就坐在太师椅子上,端着烟袋锅,脚尖一挑我的下巴颏,我就支起身子跪在那儿了。我师傅和蔼可亲地说:"去年麦收后天大旱,我家种了十二亩麦茬红芋,栽一棵红芋苗要浇两大瓷缸子水,一亩地三十七八垄,一垄子栽一百单七棵红芋苗,一挑子水也就十大瓷缸子,听你爹说你算术学得好,你算算,种这十二亩麦茬红芋得浇多少挑子水?"我一听,赶紧掰着手指正在那算,我师傅又说:"好好算啊,算错了可不中,你爹也不会答应,因为那都是他挑的水!"师傅这一说,我哪里还敢算,赶紧趴地上给他磕头。师傅好像说上了瘾,还没完:"好在去年公家在流粉河底打了几口机井,你爹才有水挑,爬高下低挑上岸不说,到我家麦茬地里来回也得二里多地,你算术学得好,你算算你爹一天能挑多少挑子水,得跑多少路?"我哪里还敢吭气,一个劲儿磕头。我师傅住了嘴,啪啪唧唧抽了几口烟锅,突然喝了一声:"畜生,俩手伸出来!"我赶紧把两手掌伸到师傅面前,只见师傅绷着脸用烟锅在我左右手心里各烙了一下,瞬间把两只手心里烫了两个水泡,疼得我一个劲儿龇牙也不敢动一下。就这样,二十多年过去了,我学过的其他拳术棍棒基本上忘得差不多了,但这套六路短打,我还牢牢记在心里。记得刚当兵时,在新兵连里,一天中午训练间隙,我们排长露几手给大家解乏——据说他当兵前上过少林寺,因为身手好,才提干当排长训练新兵的。受了大家的喝彩,排长高兴得不得了,马上点名让我也练几手,因为他看我档案,知道我也学过几年武术。我那时候也是年轻气盛,就提出和排长过几招,当然正中排长下怀。结果也很简单,他用的是少林小洪拳里的左反手右反手,想一招反手跨虎制伏于我。我用的就是六路短打,虽然招式简单,看着索然无味,但因为我被师傅激将过,还用烟锅烫过,所以下过苦功,基本上达到出神入化、触类旁通了,所以破他易如反掌,当时我顺势下边一招勾连拐,上边一招双推手,把排长摔了个老大屁股墩。这下子,不仅没有受批评,课目训练毕点评时还受到排长的表扬。

你看看,说着说着就啰唆了,本来就几句闲话,这一说就收不住。就像当年我师傅,每次我们去学捶,开练之前他老人家总要说上一段书,而且都说到煞尾处了,他还要前八朝后五代地加上一段更长的:……咱也曾陪赵匡胤送过京娘,咱也随穆桂英战过韩昌,咱见过狼烟起金兵侵大宋,咱看过岳武穆枪挑小梁王。哎呀呀,哎呀呀,说不完唱不尽的前朝事,讲不清道不明的今生缘,都是那浮名虚利水中月。说说笑笑,臧否人物,指点河山,到头来仅供咱爷们儿傍黑闲聊天。哎呀呀,哎呀呀,天明了咱爷们还要牵着黄牛犁地把粮种,有点空闲还要纺线织布做衣服穿。孩子们啊,好日子好年成咱可不敢怠慢,赶紧下场子把功夫练练……

唱到这儿,我师傅一拍膝盖,长着腔调来了一句道白:"好好好,孩子们,收起耳朵,亮出身手,拿出刀枪棍棒,放开斗大个胆子,好好用心练功夫吧!"

自行车

## 我想讲一讲李庄的自行车故事

好长时间以来,我都想讲一讲我们李庄的自行车故事。这个故事就像寒冬腊月里刚出炉的烤白薯,我一想起来就馋涎欲滴,但要是没点儿耐心等它热劲儿降一降,张嘴就咬上一口,那准会烫掉几颗大门牙——请各位看看我现在的门牙模样,就会知道我以前有过怎样的经历了。可是,我们李庄的自行车故事这个烤白薯,我已经捧在手里好几年了,十个手指头都烫熟了,它的热度却丝毫不减。没有办法,等到地老天荒从来不是我们李庄人的性子,即便再镶两颗门牙,现在我也要开始讲述它了。也就是说,我讲故事的瘾头一上来,那与吃了兴奋剂差不多,死活浑然不顾,只管大大咧咧讲他一阵子再说——尽管离开李庄二十多年了,在庙堂、在江湖行走也非一日,但李庄人的急性子,我还是没改掉一星点儿。

但是,我还要先说一句老实话,以前我讲述我们李庄的其他故事时,基本上不动啥脑筋,都是坐在路边拉起弦子张嘴就唱,但这次,我要是想讲好我们李庄的自行车故事,看样子不破费十几两脑浆子恐怕很难讲出效果来。我曾经想过,要是按照时序一点一滴从头讲起,那我们李庄的自行车故事就是一部冗长沉闷的历史——按照我的脾气,我宁愿把这个故事讲失败了,甚至宁愿陪同各位老弟去吃屎,也不愿意这样讲故事。我还曾这么想过,要是从最辉煌的时候讲起,那么,接着再讲发展阶段和没落阶段的故事时,各位就该打瞌睡了。左思右想,我最终决定,还是从我们李庄有史以来拥有的第一辆自行车说起吧。

## 第一辆自行车诞生在绵羊家

我们李庄的第一辆自行车诞生在绵羊家。

绵羊不是一只羊,而是一个人,小名叫绵羊,因为从小就长个大个子,又细又高,脑袋又尖,所以我们李庄的人给他起了个外号叫红缨枪。绵羊的爹叫李瓶盖,他娘叫王糖精,当然这都是外号,真名叫啥都没多大作用,因为我们李庄的人一般情况下不叫真名,都叫外号。绵羊比我们这帮鸟孩子大好几岁了,都是十八九岁的年轻猴了,还穿着带围嘴带襻子的裤子,几乎天天戴着一顶灰色鸭舌帽,帽顶上还有两个窟窿,也不知他从哪儿弄的,反正,在那个年代,绵羊这副打扮猛一看就像电影上的苏维埃工人。就这么一家人,整天过得昏天黑地的,但就像做梦似的,突然一下子就有了一辆崭新的自行车——要想说清楚我们李庄第一辆自行车之所以诞生在绵羊家的缘由,那真是小孩没娘,说起来话长。

据我们《李庄野史》记载,从前,我们李庄有个二流子,学名叫李得先,外号叫瓶盖,我们李庄的人都叫他李瓶盖。有一天李瓶盖赶王桥集买鞭炮,为啥买鞭炮,《野史》里没说,反正买了鞭炮回来,到了集东头王桥河,看到河边有一个大闺女正在洗衣裳,这个大闺女一头乌发,两腮赤红。当时李瓶盖就觉得大腿根里一酸一麻一跳一翘,脊梁沟里一激灵,两眼一下子就直了,俩腿就走不动路了。这个大闺女就是王糖精。正好王糖精一抬头,看到一个流里流气的傻半吊子男子俩眼弯得秤钩子一样,不怀好意地看自己,又愤怒又厌恶,立即翻着白眼瞪他一眼。没料到,李瓶盖把这个白眼当成了媚眼,好像鬼神支使,弯腰捡起一块坷垃,手一扬投了过去。王糖精被溅了个满脸水花,哪里能算完?她站起身来,一跳三尺高,破口大骂奶奶娘,猛扑了过来。李瓶盖一看来势凶猛,哪敢抵挡,只有落荒而逃。王糖精发了疯,好像母鸡发了情,拍着屁股一路狂追,咯嗒咯嗒,一口气追进了我们李庄,接着又一口气追进了李瓶盖家里。下边发生了啥事,《野史》里没有记载,但我们李庄的老少爷们儿都看到了,先是李瓶盖他爹李笆斗出来把木栅栏门一关,蹲在墙边慢腾腾地抽起烟锅来。我们李庄的老少爷们儿正盼着他快点把一锅臭烟抽完,就只见他家院子里突然间闪了一道彩虹,老少爷们儿都以为天上会掉下来一袋金子,结果是李瓶盖出来了,他面带神赐的微笑,用半截柳枝儿挑着一盘鞭炮,点着了砰砰啪啪一放,各位大神呀,他这就算娶媳妇了。但是,就在第二天早饭时,李瓶盖他爹李笆斗,端着碗蜷蹴在门口墙根那儿正喝着红芋片子茶,居然脖子一瘪,脑壳子一顿,死得跟只鸡似的俩爪翘翘的。

也许各位觉得这是个笑话,最多算是个传说,但我们李庄的人都认为这是真实的,因为那时候很穷,我们李庄出现的很多真人真事,现在看来都像笑话或者传说一样。

当然了,李瓶盖家的这些事情发生时,我没来到这个烟熏火燎的世界,上述种种,有一部分是我过来后听说的,还有一部分是出自神奇的《李庄野史》。总之,李瓶盖家的故事很多,有些很伤心,有些很传奇,有些让人哭笑不得。比如,李瓶盖的兄弟李秤砣,因为家里穷,哥又娶了嫂子,两间趴趴屋住不下了,只好卷卷铺盖一背,出了家门多少年不见音信,直到一二十年之后才来一封信。原来,李秤砣去了大兴安岭,在啥啥林业局里混出了名堂。这时候,李瓶盖和王糖精都有三四个小孩了,大儿子绵羊,也就是红缨枪,都十八九岁了,

自行车 / 163

而我们这一拨鸟孩子也都十一二岁了。

尽管后来红缨枪绵羊成了我们亳州市房地产大鳄,富得一撅屁股就屙翡翠祖母绿,但当年他家穷得不堪入目也是不容置疑的事实。我要是从物质方面来形容他们家的穷样子,那恐怕废话很多而且无趣之至,也不一定能说到位,不如我说个事例来证明他们穷到什么境界了:有一天,李瓶盖全家下地点花生,也就是种花生,一个长相漂亮、活似戏里罗成的小偷摸进他屋里,东看看西翻翻,光景着实凄凉。小偷罗成鼻子一酸,不仅没偷东西,临走时还在案板上放了五块四毛钱,还用他家那把满是豁口的菜刀压着。那时候,五块四毛钱比老天爷都要厉害,尤其对我们李庄的人来说更是非同小可,买一口袋小麦还可以再割五七斤猪肉,都不一定能花完。

红缨枪绵羊家发生的这件事绝对是真的,在我们李庄不仅"传诵"至今,即便在当时,还让一些二流子货为自己的好吃懒做找到了振振有词的理由。比如,膀脸越南他爷,学名李运金,外号龙头大太子,六七十岁了,胡打溜秋了一辈子,万事都相信天上掉馅饼,绵羊家发生的奇迹使他更加坚定了自己的人生信条。从那以后,他是一厘钱的活儿也不干了,天天和他老婆子手拉手去庄东头流粉河边的杨树行子里聆听马叽嘹子叫唤,观看小鸟压摞摞。这里说明几点,压摞摞就是交尾的意思;马叽嘹子是我们李庄的叫法,学名叫蝉,我以前讲我们李庄的故事时介绍过这些。另外,我以前也介绍过,在我们李庄,只要是两口子,无论年龄多大,一律称为小两口儿。龙头大太子小两口儿天天出门时都是房门大开,任凭鸡进鸡出,而且屋里还故意摆出一副凋敝样子。但是,奇迹要是经常发生那就不叫奇迹了。一连半个月,龙头大太子虽然在案板上没看到一分钱,但连着好几天都看到了几泡鬼鬼祟祟的鸡屎点缀在案板上。

还请各位原谅,我这个人一讲我们李庄的故事总是东拉西扯,半天说不到正梗上。本来讲的是绵羊家的故事,不料一下子滑到越南他爷龙头大太子这儿了。不过,多说龙头大太子几句也是因绵羊家的故事而起的,好歹也有些关联,而且也可以佐证当年绵羊家有多么贫穷。但是,就像那句话说的,鸡窝里飞出金凤凰,我们李庄开天辟地第一辆自行车就诞生在这个贫穷家庭里。

这个缘由解释起来其实太简单了。

也许各位都没有留意,刚才我说过绵羊他叔,也就是李瓶盖的弟弟李秤砣,就是这个很容易被人淡忘的小人物,拉开了我们李庄自行车故事的序幕。就像许多创造了历史的伟人,一开始都是不为人瞩目的小人物。李秤砣也是一样,当初他离家出走,一去一二十年,我们李庄的人都想不起这个人了,他突然来了一封信,虽然字写得狗爬的一样,但我们李庄的人都知道了,当年家里连个睡的地方都没有的鸟孩子,现在混出名堂了,在大兴安岭一个大型林场当了副场长。

这个雷公鸟日的,他是咋混的呢?我们李庄老老少少千把口子想了半个多月,还没有醒过神来,李秤砣副场长又来了一封信,字写得还像狗爬的一样,但意思很明确,说绵羊也不小了,他准备送给绵羊一辆自行车,也让孩子骑个车子四处走走,见个世面,长长见识,以后遇见啥事也能分个子丑寅卯。详细内容我记不得了,大概就是这点意思,还是我现在总结的,因为据说当年李秤砣副场长总共认得三十几个字,他信里恐怕还说不这么体面。

那时候我们李庄没有自行车,当然就没人会骑自行车了。红缨枪绵羊也不会骑。他爷爷李笆斗可能会骑,但老家伙去那边了,一时半会儿还联系不上。他爹李瓶盖拖着个屎包肚子,别说骑自行车了,平时走个丈八路都费劲——待会儿方便时我再说几句李瓶盖的屎包肚子——所以,绵羊和他娘王糖精只好捏着那张提货单或是包裹单,反正就是那张管用的单子,圣旨似的装进贴肉的口袋里,拉着架车子,前往泜河集邮电局去拉自行车。

这事说起来真是不可理喻,而且一直到现在我都没弄明白,在当年自行车是不是真的可以邮寄,如果可以,那么它是怎么邮寄的?现在是否还可以邮寄自行车?……反正不管说啥废话,那天这娘儿俩大清早拉着架车子一出庄,我们全庄的老少就在村头等着,满以为他娘儿俩能拉回一辆闪闪发光的自行车,结果等到半下午,好几十家都没顾得上做中午饭,这娘儿两个活宝,拉回来的却是三个木条箱子。也就是说,红缨枪绵羊和他娘王糖精,两个人好像跑了一百里地,汗流浃背不足以形容他们当时的样子,反正水洗的驴驹子一样,拉回来的竟然是一堆还没组装的自行车部件。

奶奶个熊,别说拉回来的都是自行车部件,就是拉回来的是一泡牛屎,只要能组装成自行车,那也难不住我们李庄的老少爷们儿。尽管那时候我们李庄的人大都是皮糙肉厚净干蠢事的凡夫俗子,但也有几个爱动脑筋善于钻研的灵巧人,比如我爹就是一个,比如越南他爹李四两也是一个。当然也有几个经常滥竽充数的水货,比如茅根草李风潮。哦对了,那时候李风潮还没当上我们康寨大队的治安主任,还是我们李庄的生产队小组长,不过他当小组长时外号就叫茅根草了。总之,不管怎么说,当年我们李庄的第一辆自行车,也就是绵羊家的这辆自行车,就是由包括我爹在内的组装小分队组装成功的。现在想起这事来,那一番情景依旧历历在目。

那天,红缨枪绵羊和他娘王糖精拉着三个木条箱子一进庄,我们李庄老老少少千把口子嗡的一声都围上来了。好像这娘儿两个是戍边二十年,一朝还乡来,乡亲们层层簇拥着,到了绵羊家门口。恰巧当时我爹和越南他爹李四两,在村民小组长茅根草的带领下,刚刚修好正在田里灌溉的柴油机和抽水机,手里还拿着扳手钳子螺丝刀一应家伙,这三个带家伙的"工程师"走在人群最前面,那架势好像早就准备妥当,单等着开箱组装自行车。事情都到了这个当口,那还有啥好说的?直接开箱组装就是了。小神童文胜他爹李得轮,小攮子桂良他爹李得刚,我们李庄这两个有名的二性头,一个抡起铁锹,一个抡起抓钩,就要劈木条箱子,幸亏被元帅李广义他爹歪嘴子李得昌猛地喝住了,要不然我们李庄诞生的就不是第一辆自行车,而是第一堆废铁。

歪嘴子李得昌在我们李庄是有名的智多星,他喝住两个半吊子,背着手绕着三个木条箱子一番打量,然后蹲下去抱住一个木条箱张嘴就咬。我们围观的千把口子老少倒吸一口冷气,还未惊出声来,只见李得昌噗的一声吐出一颗铁钉来。当时我刚上小学五年级,尤其喜欢算术,歪嘴子李得昌吐出一颗铁钉,我就在心里画一道子,所以到现在我依然无比清晰地记得,三个木条箱子上总共一百八十颗铁钉,歪嘴子李得昌咬下了一百七十六颗,最后四颗是我爹用老虎钳子拔下来的,因为李得昌实在咬不动了,他吐出最后一颗铁钉时,满嘴流血,一说话上下四颗门牙奔拉多长,相互碰得叮当乱响。当然了,尽管李得昌咬铁钉的故事被我们李庄的人传笑了十几年,但今天在书写我们李庄自行车故事时,智多星歪嘴子李得昌也是功不可没的,虽说不需浓墨重彩,但也值得记上一笔。

但是,当时李得昌就是把一嘴牙都累掉了,大家也不会再关注他了,因为木条箱子打开了,老少爷们儿最关心的是怎么把几堆零件组装成自行车。

各位可以想象一下,一辆自行车,打眼一看,十分简单,没啥高科技含量,但是,俗话说麻雀虽小五脏俱全,真要把所有的零件都拆散了,那也是琳琅满目的,不是行家你还真是下不了手的。但是,尽管在这个地球上还有很多未解之谜,然而在我们李庄,自东晋以来还没遇到过解不开的难题。虽然那时候我们李庄大都是目不识丁的乡巴佬,但是,在类人猿进化到人的过程中起着至关重要作用的火,也不是从事高科技的知识分子创研的。所以,组装区区一辆自行车,对我们李庄人来说,何足道哉——有一年北京一群著名的科学家对我们李庄人的大脑做过深入研究,最后给出一个客观的评估,那就是,我们李庄不管大人小孩,除去脑膜和毛细血管,每个人能够思考的脑浆子基本上都有一斤二两。

话虽说得这样俏皮,但当年组装绵羊家这辆自行车,我们全庄人可真没少下功夫。眼睁睁零部件摆满了当央,那些剔明发亮的玩意儿散发着魔鬼的气息,把里三层外三层围着的千把口子观众迷住了,一个个鸦雀无声。有好多零件大家都叫不上名字,更别说要装在哪个部位了。不说别的,就说那几包钢珠,肉眼看着都是一样大小,但哪是装前叉上下碗里的,哪是装脚镫子里的,哪是装轴承上的,根本没人能分得清。茅根草李风潮喜好自作聪明,好像只有他才能搞明白几包钢珠有啥区别,他从这个包里捏了几颗钢珠,填嘴里漱口似的漱一阵子,又从那个包里捏几颗,填嘴里漱一阵子。我们一群鸟孩子眼馋得要命,以为钢珠肯定比糖果好吃,结果,茅根草皱着眉头全吐出来了,这时我们才发现原来钢珠上涂着一层鸡蛋黄样的黄油。我爹虽然也不识几个大字,但他善于动脑筋,他像模像样地看着说明书,还用手指头指指点点上面的组装图。茅根草往嘴里填钢珠时他不说话,茅根草吐钢珠时,他才一扬眉毛,很诧异地问了一句:"咋?这么高级的东西还不好吃吗?"茅根草居然很难得地憨憨一笑,咧着嘴说:"×他娘,不是个正经味儿!"越南他爹李四两很专心,他不仅善于钻研,而且善于动手,他一会儿拿起前叉比画几下,一会儿拿起后叉比画几下,最后他把链条挂在脖子上,像个和尚念经似的,站在那儿开始皱着眉头发呆。

就这样一直摸索到日落西山,夜影子上墙了,三大"工程师"还没有摸索出名堂来。依着我们李庄人的性子,啥事不弄出个结果怎好意思收兵?事情到了这个境界,也根本用不着绵羊他爹李瓶盖磕头作揖,也用不着王糖精扭着屁股发浪撞人,我们全庄当年总共三十二盏马灯,一声不响,被自动拎到当场,顿时,现场变成了灯火通明的露天组装车间。现场观众不仅没少一个,后来的还搬来条凳站在上面看热闹。

这时候,我爹摸索出一点名堂了,他宣布先组装前后轮上的辐条。顿时,全场响起一阵兴奋的嘀咕声,好像听大鼓书,马上就要到高潮了。绵羊全家人更是激动得不得了,一个个中邪了一样。几个小的就不说了,尤其红缨枪绵羊,虽然比我们这帮鸟孩子大了七八岁,那么大的驴桩个子,都是正正经经的年轻猴了,论说家里来客也可以名正言顺地上桌子端酒杯了,论说也该娶媳妇了,但他还穿着带围嘴带襻的裤子,戴着一顶头顶上有两个窟窿的灰色鸭舌帽,居然双膝着地,趴在地上,我爹只要一指说明书图上的某个零件,他马上双手捧着膝行着递给我爹。当时我们这帮鸟孩子羡慕得要死,心想车大梁不说了,铃铛和齿轮也可以放弃,但要是能摸摸一根车条,我们也愿意学蛤蟆爬,哪怕学老鳖爬也是心甘情愿的。王糖精肯定是鬼迷了心窍,她不仅拿出一包价值九分钱的"丰收"牌香烟,居然还端来一脸盆红糖茶,让三大"工程师"喝糖茶。比较安静的是李瓶盖,他半弓着身子,右耳朵上夹着吸了半截的烟卷,两手按着膝盖,目不转睛,神情凝重几近痛苦,好像知识分子便秘了。

趁着我爹他们开始组装自行车,我说几句绵羊他爹李瓶盖的大肚子。

李瓶盖的故事太多,要是放开说,自行车组装完毕我也说不完。这会儿我只说一点点,那就是他这个人有点畸形。但是,请勿误会,也不要往他四肢和其他器官上多想,他就是肚子大了一些。搁在城市里,这种肚子叫作啤酒肚,也没啥稀罕的。但是,当年在我们李庄,李瓶盖这个肚子可是个景观。据我们《李庄野史》记载,李瓶盖专门把他的大肚子单独摘下来上秤称过,不多不少,刚好一百单八斤。各位可以不相信单独称肚子这回事,但你要是见过他的肚子——我这么说吧,他的肚子大到可以随便移动的程度,夏天,地上铺个凉席片子,他躺在那儿睡觉,向左翻身时,他首先捧着肚子把屎包大爷挪到左边;要是向右翻身时,那就得先捧着肚子把屎包大爷挪到右边——我这么一说,你一准知道他的肚子有多大了。要是一般人有这么个大肚子,农村人嘛,图个吉利,会奉承一声弥勒佛爷,但到了李瓶盖这儿,家里穷得叮当响,还讲个啥吉利?也没啥可奉承的,干脆再送他个外号就算了:屎包肚子。各位,我这里得说一句,切不要以为只有阔佬才配得上大肚子,穷人也可以有个大肚子,而且,李瓶盖这个大肚子还巨长寿。后来,红缨枪绵羊成了我们亳州最有名的房地产大鳄,他爹屎包肚子李瓶盖还活得好好的,只是肚子更大了,给绵羊添了不少麻烦,好几次拉屎都卡在厕所里,每次都是出动消防队才把这位屎包大爷解救出来。直到后来绵羊给这位屎包大爷造了一间八十平方米的厕所,才算彻底解决了这个难题。

我说了这么一大段,令人遐想,你肯定明白当年李瓶盖观看组装自行车时拿的啥姿势了。他那个姿势,真的不好形容,后来我到了北京过日子,偶尔观看了一次日本相扑,才恍然大悟,原来我们李庄的绵羊他爹也是练过相扑的,他当年观看组装自行车的那个姿势,就是相扑手对阵的那个姿势。

之所以在这儿大说绵羊他爹李瓶盖,是因为当时我没有看到自行车组装的全过程,所以才没话找话讲讲李瓶盖的大肚子。那时候我毕竟才是个十一二岁的鸟孩子,一到天黑俩眼就滴柿汁子,俩眼皮就直打架。我爹他们把一只轮子的辐条还没有装完,我就倒地睡着了。不过第二天我醒来一看,真神奇,我们李庄凡是围观的老少爷们儿统统睡倒在地,我爹他们,也就是三大"工程师"也一一倒地,一个个鼾声如雷,手里还拿着扳手钳子。值得一提的是茅根草李风潮,他可能有尿床的习惯,四脚拉叉躺在那儿,裤裆里湿淋淋的一大片。红缨枪绵羊睡得死狗一样,嘴角还滴答着涎水。他娘王糖精,屁股撅朝天,头冲着三大"工程师",想必是给三大"工程师"磕头表示谢意时就着姿势睡着了。而那辆自行车已经组装完毕——天啊,这就是我们李庄的第一辆自行车,它昂首挺胸在当央,光芒四射的朝阳下,就像一匹吃饱喝足等待出征的战马。只有大肚子李瓶盖没有睡觉,他叼着烟,脸上熬出了一层黑油,满脸熠熠生辉,目不转睛地望着神圣的自行车,依然拿着那个姿势。那个姿势给我留下了深刻的印象,所以我在这里多说几句他那些个玩意儿。

各位,红缨枪绵羊家有了这辆自行车,他家的故事就更多了。比如,在我们李庄千把口子老少围观下,李瓶盖挺着巨无霸大肚子如何教绵羊骑自行车。比如绵羊学会了骑自行车,第一天就带着他娘王糖精去姥姥家,也就是去王桥集。到了王桥河时,王糖精触景生情,大讲当年李瓶盖如何调戏良家妇女,气得绵羊手一哆嗦,崭新又神圣的自行车驮着娘两个一头扎进河里。再比如,绵羊天天骑着自行车去涀河集他大舅王茄皮眼饭店打工,爱上了在他舅饭店旁边摆摊专卖小孩衣裳的人称"三步倒"的美女张春燕,失恋之后又如何火烧自行车,然后去亳州市闯荡,最终成为我们亳州市的房地产大鳄,等等。但我要是把绵羊家的故事讲完再讲别的,那至少得七卷本,那我们李庄的自行车故事就得改为李庄通史了。所以,在这里,我咬咬牙,不管绵羊家后来的故事有多么精彩,我还是决定就此打住,从整体着想,接下来开始讲述我们李庄自行车故事的其他篇章。

哦,对了,刚才忘了说,绵羊家这辆自行车是"孔雀"牌的,是当年哈尔滨自行车厂的名牌产品。

## 我的大"永久"被裸体了

实事求是地说,我们李庄的自行车一旦打开从无到有的局面,根本就没有经过缓慢发展的艰难过程,直接一个二踢脚,就到了最辉煌的时候。也就是说,在绵羊家诞生了第一辆自行车后大概不到两年时间,我们李庄的自行车如同雨后春笋,好像也就在一夜之间,全庄四五百户差不多家家都有了自行车。小时候说话我偏爱强词夺理,端的是谎话连篇。现在,我已经过了不惑之年,比老牛的岁数都大,说话得说句公道话,我们李庄的自行车发展之所以出现这么个繁荣景象,主要是靠国家有了好的政策,要是结合实际情况,具体而微地说呢,我爹的贡献也非同小可。但是,按照我们李庄的老规矩,啥辛苦啥功劳都当疙瘩菜先腌起来,只要把事情过程说清楚就行了。

当时土地包产到户一两年了,一见庄稼人吃粮不发愁了,政府就号召全县人民发展经济作物。说白了,也就是号召大家种烟叶。当时,我们亳州市还叫亳县,有一个沙土乡是全县的种烟试验乡,虽然比我们涡河乡早两年种烟叶,但人家啪的一下子,就取得了令全县瞩目的伟大成就,也就是说既赚了不少钱,又积累了很多经验,很快就成了我们全亳县的种烟烤烟培训基地。后来,其他乡选拔的种烟烤烟技术骨干,都得到沙土乡进行培训。反正当时县里对沙土乡异常重视,村村大喇叭里天天宣传沙土乡,宣传了一两年,说啥因为种烟叶富裕了,沙土乡的人民群众生活方式也变高级了,屙完屎都是用金砖擦屁股。虽然我们李庄自东晋以来就没种过烟叶这玩意,但凭着我们李庄人特有的性子,谁不想用金砖擦屁股呢?所以,我们全庄老少极力响应乡政府的号召,嗷嗷叫地要在今年种烟叶。按乡里要求,每庄要选两个技术骨干到沙土乡培训。不消说,我们李庄选拔出来两个人,自然有我爹一个,另一个就是越南他爹李四两。这个,我以前讲我们李庄的故事时好像顺嘴提过。

  我刚才说过,我们李庄也有几个心灵手巧爱动脑筋的人,我爹和越南他爹李四两就是这类聪明人的代表。从刚才给绵羊家组装自行车的过程中各位就可以看出,我爹善于思考,越南他爹李四两善于动手,推选他们两个去沙土乡培训,是我们李庄老少的正确选择,板上钉钉的事,在理论与实践上肯定都会有很大的收获。就这个事情,我曾经做过认真的分析,以我爹的那双小眼啊,他当年在沙土乡参加培训的时候,肯定发生过一些有趣的故事,虽说不至于惊天动地,也可能缺少幽默成分,但充满了荒诞与反讽那是绝对的。遗憾的是,不管过去还是现在,我爹一给我讲故事讲的就是我们李庄野史,他从未给我讲过他们在沙土乡培训的事情。当然,将来我爹也不可能再给我说这件事了,因为他老人家已经去世了。也就是说,我青少年时代的故事书目前摆放在天堂的某个几案上,等到我走到地方的时候,到了那个几案旁边,坐下来抽根烟,趁歇歇腿脚的工夫,随手再翻阅一下,或者可以找到有关我爹到沙土乡参加种烟烤烟培训这一章。

  即便到了今天,我依然得说,种烟和烤烟都是脏重的活儿,说起来也相当麻烦。你要是我们李庄的人,至少你要是我们亳州人,一说种烟烤烟你一下子就明白咋回事。以前一说这个道理,我顿时觉得这个世界有些蹊跷,我们李庄的人在一起,啥事根本不需明说,一个眼神就彻底清楚了。但对外人,尤其是我到了北京之后,本来鸟大个事,嘴皮都磨破好几层,很多人还不明白。当然了,现在我明白了有些人不明白也是可以理解、可以接受的,因为此世界与彼世界总是有些隔膜的,宇宙间的物质如果没有矛盾,那宇宙就不能称之为宇宙了。

这样闲话几句一过,我也省了介绍咋样培育烟苗,咋样种烟,咋样修建烟炕,咋样垒火龙,咋样挤烟叶,咋样烧炕,等等,现在我把这些脏活累活都掀到沟里去,凡事就像我们李庄人所说的,贼挨打的事儿就算了吧,说说贼吃肉多爽快。这里我就直接说烟叶出炕的时候。烟叶出炕,你要是没见过,我给你描述起来也相当费周折;你要是我们李庄的人,不管你多么阴郁的心情,哪怕你媳妇被人拐走了你一心想死,但我一说烟叶出炕,你心里扑腾一下顿时敞亮无比,朝心口猛捅三刀你都死不了。

当时我们李庄有十好几座烟炕,一到烟叶出炕,那种圣洁健康的香味如同祥云瑞霭,不仅把我们李庄笼罩了,同时也把全宇宙笼罩了。那种香味虽然无法形容,但我敢说,全世界最昂贵的烟草都不会有那样的香味。要说那刚出炕的烟叶,真如同闪闪发光的金叶子,那颜色如同佛祖的笑脸,如同天女散花,如同牛郎看见织女,尤其对我这样一个读了几本闲书而无所用的鼠辈来说,烤烟的那种颜色,简直就是灵感的颜色,就是自由的颜色,就是爱情的颜色,就是战斗的颜色,就是仇恨的颜色,就是发财的颜色,就是……就是啥颜色也无法和刚出炕的烤烟的那种颜色相提并论。

请各位不要被我的抒情迷住了,因为我们李庄的人从来就不欢迎这套虚假把戏。我们都是实在人,都是讲究吃吃喝喝的庄稼人,我们每家种了几亩烟叶,钱多得一把抓不完。有了钱,我们李庄老少在人前人后说话时胸脯能挺多高,还能多吃几顿好吃的,多穿几身新衣裳,还可以买点琉璃珠子玩,如果需要,还可以盖上明三暗五的大瓦房。如果这些吃的喝的玩的住的可以忽略不计,那我们李庄一下子添了几百辆自行车,是不是可以说说?

我们李庄一个单子批发了几百辆自行车,也是个复杂的故事,说起来也是一半被骗一半自愿,令人哭笑不得,所以索性先不说了。我现在只想说,一下子有了这么多自行车,世界就会自觉地在我们眼前展现出宽阔而平坦的康庄大道。一下子有了这么多自行车,我们李庄的年轻猴说个媳妇相个亲,完全可以按照自己的审美趣味来搞一搞,再也不会像从前那样,好容易来个说媒的,还得到外庄借个自行车去相亲,要是借不着自行车,就借个新架车子去相亲,相亲拉个新架车子有啥用呢?真是荒唐!现如今有钱真好,媒人成群结队来我们李庄,哪一家的门槛都被踢烂好几回。没办法,我们李庄的一群适龄年轻猴,只好天天成群结队去相亲。

当时我刚上初中三年级,一不到相亲的年龄,二没有自行车可骑,暑假里天天坐在庄西头池塘边钓鱼,眼睁睁看着一群群年轻猴骑着崭新的自行车,或是上海的"永久",或是天津的"飞鸽",最不济的也是常州产的"金狮",一个个意气风发,尤其是小攮子桂良他们几个,几乎都是拐了五道弯的猴子鸟日的,从我眼前飒然而过时还故意放声大笑,猛按铃铛,然后风驰电掣般驶向愉快又刺激的相亲之路。我心里有多么愤怒有多么悲伤有多么凄凉就别说了,反正那段时间我每天夜里都要做梦,每次都会梦到老天爷开着一辆小四轮拖拉机给我送来一辆崭新的大"永久"。虽然每天醒来梦已成空,但老天爷的模样我算牢牢实实记住了,他老人家当然长相非凡,表情当然和蔼可亲,就是说话有点结巴,和我爹发脾气时一模一样。

当时我家也不是没有钱,之所以没有跟风买自行车,我现在总结起来无非就是两点:一个是,我爹怕我整天骑着自行车满地溜光儿,耽误了上学,因为当时我爹一心一意想让我考上高中考上大学,更何况那时候我正是天不怕地不怕的年龄,又学了好几年捶,也就是学了几年武术,和东西庄的鸟孩子打过无数场狠架,哪一回都把人家鼻子打淌血,有点小名声。二个是,因为当时卖烟叶家家户户手里有了钱,都是成批量地买自行车,沺河集的自行车涨价涨得很厉害,一辆"永久"比以前涨了一百多块钱。我爹用充满智慧的大脑计算了一下,觉得很不合算。于是,我家就没有自行车了。

尽管我爹早就许过我,考上高中就给我买一辆大"永久"。可是,后来,当我拿着双沟高中的录取通知书,向他提起大"永久"时,这位先生,这位小眼睛的先生,左眼一眨巴,右眼一眨巴,然后拉着脸一声不吭了。以我对我爹的了解,这状况分明就是原先的诺言只是个诺言,真实的自行车则彻底泡汤了。

但当时我哪里还敢分辩半句?因为我爹那会儿正处于人生的顶峰,因为他到沙土乡培训过,是种烟烤烟技术骨干,我们全村谁家种烟烤烟都得央求着他,一个个敬他带把的好烟。他左耳朵上夹一支,右耳朵上夹一支,十个手指八个缝里都夹着带把的香烟,那样子活似巫师,说起话来也鬼声鬼气。而且,我和我娘都非常崇拜他,他在家里说话有着绝对的权威。所以,为了避免这位先生一开腔再来一番冷嘲热讽,我当场一句话也不说了,到了院子里开始打沙袋泄愤。这三十个沙袋,还是我当初学捶时我爹特意吊的,他希望我练出一身绝世武功……打了半夜我爹都不出来说句话,我娘也没出来说句话,当然了,这一点也不奇怪,因为这两位"圣人"自打认识就一个鼻孔出气。

我心里不免更生气了,第二天我早早起来继续打沙袋,这时候已经不是吸引那位先生和那位女士的关注了,是因为一股怨气憋了一夜,不打沙袋我的肺叶子就会爆炸。我爹起来后都没看我一眼,吃了早饭也不看我一眼,任凭我打得红头酱脸,任凭我打得汗流浃背,他只管从屋里拿出镜子走出来站在阳光下拔胡子,拔完了把镜子往窗台上一放,给我娘说了一声赶集买盐去。我娘说家里不是还有一罐子盐吗,我爹鼻子里哼了一声,说:"那罐子盐喂牛吧,这回买好盐去,香港的。"当时香港还没有回归,我和我娘都信以为真。就这样,那位先生赶集买盐,我继续打沙袋,越来越使劲,因为刚才那位先生神气活现的样子又把我的胸膛气满了。各位老弟,我天生就是个犟种,这个我们李庄人人都知道,我一口气打到晌午顶,直打得两条胳膊就像别人的,直打得浑身肌肉热气腾腾块块冒火,直打得天地宽阔寰宇澄明,直打得我心平气静了无牵挂,老天爷,我正要收工住手,就听到胡同里一阵子自行车铃声清脆悦耳,一瞬间,我心有灵犀,不由得两眼热泪盈眶——果然,我爹给我买了一辆自行车,大"永久"!

我爹,他老人家,骑着一辆威风凛凛的大"永久",直直地骑到院子里才下车。我眼含热泪,当场蒙住了:我爹从来没有骑过自行车,他老人家买辆自行车咋就骑着回家了呢?我爹说,他从泲河集买了自行车,推出集一上路,脚踏脚镫子三试两试就会骑了,他就骑着回家来了。你看,事情就是这么简单,真是铁铁的我们李庄人的性格,说来复杂的就来复杂的,说来简单的就来简单的,一秒钟之前一阵子乱棍打得你鬼哭狼嚎,一秒钟之后又掏出一把糖果给你吃。

各位,千万不要以为有了自行车我就可以得意扬扬信马由缰,事实上我的极度兴奋还没有持续三分钟,事情就变得有些荒诞了:我爹停好自行车,洗了一把脸,他洗脸时眼睛就没离开过自行车。接着,他老人家从屋里拿出了一把扳手、一把钳子、一把螺丝刀——螺丝刀又称改锥——这套家伙我是熟悉的,它们曾经为我们李庄的柴油机和抽水机治过病,更重要的是它们还直接参与了我们李庄第一辆自行车的组装工作,现在,我爹又要让它们干啥呢?

其实我以前讲我们李庄的故事时提到过我的自行车,它的前挡泥板后挡泥板都被卸掉了,后座架子也被卸掉了,一辆自行车,卸掉了这些东西,就像把秃子的帽子摘掉了,就像脱掉了大嫂子的褂子和裤子,就像成龙的鼻子塌了,就像刘兰芳的嗓子倒了,就像,唉,就像刚新婚就死了老公的寡妇。哦,我的苦命的裸体自行车呀……当时,叮当,喤啷,细碎的金属撞击声接连不断地敲击着我的耳膜,我头疼欲裂。我爹,这位先生,凭借着组装过绵羊家自行车的丰富经验,分分钟都没要,就把这辆自行车上的累赘全部解除了。后来,我在北京一所艺术院校里听教授讲德里达讲解构主义什么的,我心想这有啥呀?我早就懂了,这在原理上和我爹拆卸自行车没啥区别呀。我爹,这位先生,拆好了自行车,一边用麻袋片包扎着那些累赘,一边头也不回地说:"这样一弄,小偷看着也不打眼了。"说着话,也不管我哭笑不得的嘴脸有多么难看,只管拎着那包累赘进了牛屋里。

二十多年过去了,我的那辆大"永久"早就不知去向了,但这包累赘还在我家牛屋里梁头上放着。大前年我爹生病住院了,我回老家看这位先生,出了院刚把他接回家,他就让我去牛屋里把这包累赘取下来,当着他老人家的面一打开,这包累赘件件新若未触,一点儿锈迹也没有。我爹说,自从我当兵走后,自行车被我表哥铁锤骑走了,但一如既往,他每年照样把这包宝贝拿下来用机油擦拭一次,所以才保持着这么个新样子。而我爹,他已经不见了当年的荒诞和幽默,说起话来一板一眼,而且慢条斯理的,整个一副老态龙钟的样子。这不由得让我很怀念我爹年轻时的霸道棱角,有一次他随手抄起一根棍子,打得我满院子飞奔,最后我一个箭步跳上鸡窝,扒着墙头一个小翻身逃命而去。

## 卖了烟叶喝啤酒

尽管我的自行车是裸体的,但它毕竟是正牌大"永久"。有了这辆裸体自行车,我终于可以加入我们李庄的"飞虎队",去赶个集,去听个戏,去看个电影,照样和一帮鸟孩子风驰电掣,铃声大作,风光无限。那时候,我们李庄的"飞虎队"在方圆很有名声,除了看电影听戏,和外庄的鸟孩子打架,也是威风凛凛地骑着自行车。你可以想象一下,几百辆自行车一阵风似的冲进一个村庄,那阵势……算了,我们这帮鸟孩子和外庄人打架的故事我以前讲过几次了,今天是文戏,文戏有文戏的唱法,就不说打架的事了。

我们李庄,膀脸越南和小神童文胜,还有我的堂兄铁饼——他也有个不雅外号,这里就不说了;我叫帮助,人称"老帮",也有个外号,这里且不说了——我们这帮大小差不多的鸟孩子,都是一根绳上的蚂蚱,天天在一块儿蹭耳朵,一块儿踢炸葫芦弄炸瓢,自从有了自行车,一块儿去外庄看个电影打个架那就更方便了。除了干这些剐猫骟狗的勾当,更光明正大的用途是骑自行车驮着烟叶去卖。当然了,我们李庄每次去卖烟叶,也不只是我们这几个鸟孩子,至少也有百十辆自行车出动。一百辆闪闪发光的自行车在公路上飞驰是个啥状况,而且一路子铃声响彻天空响彻大地,响彻从我们李庄通往涚河集的公路,那情景那阵势,绝不亚于后来欧非拉十六国元首来访问我们亳州时的车队。我们这帮技术过硬的自行车"驾驶员",个个神采奕奕,人人无限春光,那得意劲头,好像后座上驮的不是百十斤烟叶,而是前边颤也好看后边颤也好看的大闺女……还是别说这个了吧。

当时各乡都设有烟叶收购站,我们涚河乡的烟叶收购站自然就设在涚河集上了,紧靠着粮站。当年卖烟叶的情景,相当独特,戏剧含量深不可测,要是下辈子我还能托生个人,我一定好好描绘一番,这会儿我一想起那场面就感到迷茫,说也说不清。反正一到卖烟叶时,溽河集天天人山车海,一眼望不到边,比逢会时人多一千倍,比逢会时的气场强大而喧嚣。到现在,一想起卖烟叶的场面,我就觉得自己十分渺小,连个鼠辈都算不上,连只蚂蚁都比不了。我们李庄这一缕子人,刚才还春风得意马蹄疾,但一进入卖烟叶的队伍里,就像一把沙子撒在沙滩上,毛都算不上半根,哪里还敢嚣张?只好老老实实地排,唉,苦呀。不过,老规矩,走背字的事就不说了,直接说卖烟叶。

那境地里,收购站那七个验质员,个个都是大神,他们说你的烟叶是几等就是几等,或者说他们说给你多少钱就给你多少钱,因为一斤特等烟叶五块出头,一斤末等烟叶才一毛出头。你想,我们这些卖烟叶的,在这几个活神仙面前得拿出个啥脸色——啥脸色也没有用。不说其他几个猴鸟日的验质员,就说李莲英,他本名李连营,我们李庄的人叫他李莲英,为啥呢,我也不知道。反正这个年轻猴个头虽然爆竹般大,但长相很精干,白白净净的,一说一笑俩酒窝,好像西施,又像嫦娥。他本来是我们李庄西南角李寨的,俩庄相隔不到四里地,从李姓诞生就是同支子李,虽然他在乡政府干的是结婚登记,像个闲差,但也是个吃商品粮的,平常见了我们李庄的人,点头哈腰的,很有礼貌,又会说又会笑的,没想到到了烟叶季上乡政府抽他来当了烟叶验质员,脖子上就系了一条血红的领带,眼睁睁地看着我们李庄的人,咋就不认识了呢?判完了烟叶等级,连句话也没有,只管用血红的领带擦汗。当时气得小神童文胜和膀脸越南,还有我和堂兄铁饼,我们这一帮打家子都发了毒誓,等烟叶季节过了,再碰到这个扎血红领带的,一定要打出他的屎来,方才消了我们卖烟叶时受的窝囊气。

先说句闲话,虽然那时候我们那地方扎领带的很稀少,但确实很时髦,只是到现在我都没明白,那么热的天,收购站站长都没扎领带,成千上万卖烟叶的也没一个扎领带的,李莲英为啥扎个领带呢?要擦汗,拿条手巾也可以呀,真是莫名其妙。再说句真话,不管李莲英多么六亲不认铁面无情,但我们李庄的烟叶基本上都能卖个好价钱,因为有我爹和越南他爹李四两这俩受过烤烟培训的技术骨干,我们李庄想烤出劣质烟叶,还真得费点智慧。

我们李庄这帮鸟人,卖了烟叶,有了四五百块钱,那时候的五百块钱有多大个作用?这么说吧,兜里有四五百块,捅个天大的娄子又咋的?当然了,我们这帮没见过大钱的,把钱一揣兜里,打架的事瞬间忘个一干二净,揣着钱赶紧喝啤酒去了。

那时候涡河集刚刚时兴喝啤酒,就是那种"魏王啤酒",就像古井贡酒一样,也是我们亳州产的,虽说现在这种啤酒早已被魏王曹操收购,转到历史深处经营了,但在当年,我们亳州人喝"魏王啤酒",就像前几年北京时兴喝人头马、XO

一样，都是格外上档次、格外有面子的事。当时全泗河集就数侯涛家啤酒卖得好。侯涛家本来开的是小百货店，但一到卖烟叶季节他就大卖啤酒。他家的啤酒摊就设在店门口，我们去了就站在门口纯粹喝啤酒，连盘油炸花生米都没有，干喝。侯涛自己也喝啤酒，而且谁也没有他喝得多。侯涛三十多岁，带个黑塑料带子的电子表，留着大背头，脑门上一块月牙形疤瘌，是小时候被驴啃了一口……有一天他喝了三十七瓶啤酒，摇摇晃晃地站在河边尿尿，一泡尿没尿完，就一头扎河里淹死了。当然这是后来的事了。我们这帮鸟孩子也经常喝醉，不仅老是站在河边尿尿，而且还到河里抹澡，但我们没一个淹死的。抹澡是我们李庄的方言，就是游泳的意思，也可以是泡澡的意思，总之，这句方言意思比较单薄，一说我们李庄人全明白。

喝完啤酒到河里抹澡，是小神童文胜出的主意，别看他长相猪头猪脸，但他初中物理学得好，凡事喜欢站在物理学的角度上解决问题。文胜说，躺在水里可以使身体里的酒精很快分解掉。我们哪能不相信这个物理学家的？每次一喝醉就去河里抹澡。那条河就是泗河，没有泗河就没有泗河集。河西岸是碧绿的庄稼，河东岸是一条柏油路，这条柏油路朝南通到阜阳，朝北通到亳州，后来的一〇五国道我们那一截就是在这条路的基础上修建的。我们这帮一肚子啤酒的鸟孩子，晕头晕脑地骑着自行车，一阵铃声一阵风，一路号叫一路屁,顺着这条柏油路出了溉河集往北三四里地,一看没人了,胡乱把自行车随地一放,脱得赤条条的小鬼一样跳进河里。现在的溉河不能叫河流,叫河沟恐怕还有几骨节是干涸的,那时候的溉河才叫河流,水草丰茂,鱼虾成群。我们躺在水草里,虽然看不见河水如何分解身体里的酒精,但可以明晰地感到成群的大鱼从光屁股下钻过去吸吮脚指头,成群的小鱼游过胸膛啄食我们的小鸡鸡。各位兄弟,你们知道我们有多么惬意吗?尽管现在有数不清的各种服务项目,虽然没有全部经历过,但我也敢肯定,没有一项服务能比得上我们那时候的这种享受,而且还要花他妈妈的钱,真够缺根筋的。

不过,就像在一些娱乐场所大把花钱买享受一样,这种在大自然中的享受有时候也不安全。有一次,我们躺在水里,正细细体味着大鱼吸吮脚指头,小鱼啄食小鸡鸡,突然小神童文胜大叫一声,被鳖咬住小鸡鸡一样,被龙王爷拽住脚脖子一样,好像河水开锅了一样,他叫了一声就往岸上跑。我们大家一怔,赶紧一看,才发现有人偷我们的自行车。我们李庄的人真是托大惯了,平常去外庄看电影听戏,自行车都不锁,扎堆一放就得,外庄人一看是李庄"飞虎队"的,借给他仨胆子也不敢动一下。这下好,那个人不仅敢偷我们的自行车,而且还敢迈腿上车骑上就跑。

就像高老庄唱大鼓的高麻雀,一大段戏词唱得正好,他突然夹了一句道白"说时迟那时快"——我们二三十个浪里白条,飞似的冲上岸来,顺着柏油路追了上去。那个蝙蝠日的小偷,一看这群追客,光景非凡,蹬得更快了。正所谓天网恢恢,正所谓忙中出错,正所谓关键时刻掉链子——自行车掉了链子就不能叫自行车了,就像汽车没了油只是一堆废铁一样。那贼也是个笨货,链子掉了,你扔了车子跑你的就是了,可是这辆闪闪发光的新"永久"他如何舍得?一弯腰扛起自行车接着跑。我们一看,笑成一团,都负重了,还想和我们这帮轻装上阵的赛跑,我们连条裤衩都没穿,要是还跑不过一个扛自行车的,那我们集体吃屎算了。我们一个百米冲刺,追上那贼,哪里还有工夫三推六问?更不容他张口结舌,个个都像吃了壮筋丸,拳打脚踢,就是打出他一摊老屎,也解不了我们一腔火气。我们正被大鱼吮小鱼啄,活似神仙,你来偷我们的自行车也没事,主要不是时候,坏我们情绪,真是心肠歹毒,人品太差。小神童文胜下手尤其狠毒,因为偷的正是他的自行车。那贼被打成了一摊稀泥,小神童文胜还不解气,就让膀脸越南和我堂兄铁饼架着那贼两膀,让我在后边推住贼的后背,他先是后退三步,冲上来一个飞脚,踢得贼后退不止,三个架贼的也跟着一溜趔趄。刚站稳下来,文胜又冲了上去,这次没打扳,他扳着手指头给贼讲了一通物理原理,大声吃气地问那贼,负重奔跑与徒手奔跑之间的阻力有什么不同。古时候学生回答不了问题,私塾先生就是一顿板子,这个贼回答不了文胜的问题,当然又是挨一阵子拳脚。

我们正打着老拳,突然一个大闺女骑辆摩托车过来了,而且大老远地就鸣笛不止。我们一看这个女的,这才意识到都光着腚沟子,当时那境地,一时恨不得生出四只手,两手打贼,两手捂住小鸡鸡。当然这是不可能的。我们这一松懈,那贼爬起来就跑,跑得比火箭都快,刚才要不是扛着自行车,就凭这速度,我们就是骑着自行车也追不上他。

这时候那个大块头的大闺女已经到了跟前,我们哪能走光儿给她观赏？恨不得十步并作一步往衣裳那儿蹿。这次小神童文胜落在了后边,因为他来不及挂链子,只好推着自行车跑。前边一个光腚露小鸡鸡的鸟孩子推着自行车奔跑,后边一个大块头的大闺女骑着摩托车追赶,估计没人见过这状况；前面一个偷自行车的贼骑车飞奔,后边一群光腚露小鸡鸡的鸟孩子穷追不舍,估计也没有人见过。反正自那以后,二十多年过去了,那番景象,我也没有再见过第二回。

## 骑摩托的大闺女黄飞虹

我们之所以狼狈逃窜,是因为骑摩托的这个大块头的大闺女,就是当年在我们那一带赫赫有名的黄飞虹,我们李庄的人都认识她。

不管啥时候,一提起黄飞虹,我脑海里就会噗的一声出现这段视频:黄飞虹站在李莲英身旁。高大魁梧的黄飞虹就像爱耍威风的亲娘,矮小干巴的李莲英就像惯受恶气的儿子。李莲英一用红领带擦汗,黄飞虹就用胳膊肘捣他,连捣两下,再掏出一块粉底带绿柳叶图案的手帕,一双金鱼眼一瞪李莲英,小个儿李莲英赶紧接过手帕,表情畏惧而羞涩地擦着汗。看到李莲英的乖样,黄飞虹慈祥地微笑了。

这出小戏,我们之所以一到烟叶站卖烟叶就能看到,是因为黄飞虹是个烟叶贩子。那时候,一到烤烟叶季节,不光我们洇河乡,哪个乡都有很多烟叶贩子。就像北京高级医院的号贩子,就像全国各地春运期间的票贩子,干的都是凡人干不成的事情。当时我们那儿的烟叶贩子也具有类似特异功能,他们在烟叶季节里走乡串户,收购的一等烟叶到了收购站就能卖个特等,收购的末等烟叶……当然,黄飞虹根本就不收购劣等烟叶,最差也得是二等的,但是到了收购站,我们眼看着二等的,她一卖就是个一等的,要是我们看着是一等的,她保准卖个特等的,要是特等的——当然了,黄飞虹也不要特等的,因为花五块钱买的再卖五块钱,这个太辛苦了,也不赚钱,只是白出一脖子汗。

黄飞虹每次来卖烟叶,都是到李莲英所在的那个验质口,所以每次我们都能观赏到刚才那出含意丰富的小戏。其他庄的我不知道,反正我们李庄这帮子卖烟叶的,一看到黄飞虹和李莲英在验质口表演这出小戏,我们心里就千分羡慕黄飞虹,万分唾弃李莲英。我们非常纳闷,非常不满,非常憎恨这种带有流氓色彩的权钱交易——以我们当年的朴素头脑,从没想过他们之间会有权色交易,因为,黄飞虹长得太那个了,而且就凭李莲英的块头,就凭黄飞虹的块头,水缸里插根小棒槌,怎么可能会发生权色交易这等龌龊事呢!

说一个大闺女漂亮很容易比喻,丑八怪也容易描述,可是,要想说清楚黄飞虹的模样,尽管我在北京很多年了,也算见过好多外国人,但就像当年一样,仍然不知如何描绘黄飞虹那副尊容那副架框。就好像芹菜和韭菜都属于蔬菜一样,不管漂亮与否,反正黄飞虹都得算是个未出阁的大闺女,这一点谁都得承认。我们李庄的人以前相亲没啥讲究的,剜到篮里就是菜,蛤蜊难看,但掰开俩壳那块小肉儿还是很好吃的。现在卖烟叶有了钱,就要讲究黑白、讲究面相、讲究奶帮子和腚帮子,一般大闺女很难入我们李庄人的法眼。那么,为啥我们李庄的老少爷们儿都是那么喜欢黄飞虹呢?她的所有器官从表面看上去都不符合我们李庄的审美要求,难道仅仅因为她是三关镇通背拳大家吴大通唯一的女徒弟吗?要是因为这个,那全庄老少爷们儿也应该喜欢我呀,因为我是……算了,我在师傅面前发过誓,人前人后永远不说他的大名。

前面说过,我们李庄的烟叶烤得好,而且每一家都是骑着自行车驮着烟叶去收购站卖,但照样挡不住一些烟叶贩子经常来我们李庄逛荡一圈。就像你家的狗狗,明知道跑到屠夫家也很难吃到肉肉,但它还是照样围着人家门口打转转,它心想万一扔出一块肥的也说不准呀。黄飞虹也可能是这样想的,所以她也经常来我们李庄,她有时穿着一身天蓝色运动衣,袖子上和裤腿上都有两道白条子,脚蹬一双高勒儿白色回力鞋;有时候穿着一件大红裙子,脚蹬一双黑色高跟凉鞋,要命的是她一头短发还是烫的,烫的发型犹如鬼火燎过,就是在外国电影里也未必能看到。我们李庄的妇女都觉得黄飞虹穿那身天蓝色运动衣好看,我们李庄的爷们都认为她穿裙子好看,因为裙子没有袖子,举手抬臂之间可使爷们们瞬间打鸡血——那时候我们这帮鸟孩子对浓密的腋毛还不感兴趣,令我们瞬间打鸡血的是,黄飞虹两条大壮腿间的那辆杏黄色的雅马哈。一看见那辆雅马哈,我就想叫一声老天爷:我们李庄这帮鸟孩子刚刚骑上自行车,黄飞虹就骑上摩托车了!据我们李庄的退伍军人李百林说,黄飞虹的这辆雅马哈125,是四冲程发动机,最高时速可达三百公里,这么一说,两个小时黄飞虹就可以到月亮上去了。李百林在南边打过仗,见过真枪真刀的热闹世面,我们李庄的人,尤其我们这帮鸟孩子,不仅对他说的话奉若神明,而且对他放的屁也奉若神明。

有一天,黄飞虹骑着她那辆杏黄色的雅马哈又到了我们李庄。当时,我们李庄一大群老少爷们正在打麦场上展示各家的自行车,比赛谁家牌子硬,比赛谁能把自行车骑得花样翻新。说起来真是荒唐透顶,那段时期我们李庄大事小事都离不开自行车,就是到对门邻居家借一根绿豆芽,也要骑自行车,人场里说个闲话也个个夹着自行车,很多牛×孩子,比如元帅李广义,虽然是刚买的自行车,但他到村当央官井里打水也推着自行车,你妈的李广义,浑身肉拆干净不够包顿饺子的,我们要看看你担一挑子水咋骑自行车?

反正那段时间,弄得自行车好像成了我们李庄的流行生活方式,成了大人小孩须臾也离不开的氧气,成了我们生命中的拐棍,成了我们肉体的一部分。所以,我们李庄的大人小孩得点空到打麦场上玩玩自行车,也是常态化的,何况正是烤烟叶季节,庄稼地里没活儿,打麦场也是又干净又光溜又利索的。当时在场的,不仅我们一帮鸟孩子个个裆里夹着自行车,像打架明星小攮子桂良和元帅李广义他们那帮子年轻猴个个夹着自行车,更怪异的是在场的几十个老爷们也都夹着自行车,甚至几个老不死的也裆里夹着自行车,比如膀脸越南他爷龙头大太子,都七老八十了,但你要敢不让他裤裆里夹辆自行车,那他真敢死个好样的给你看看……我们正在比赛着,一看见黄飞虹来了,见她这回穿的是蓝色运动服,打不成鸡血了,大家也没啥热情的,所以接着比赛。只有小神童文胜、膀脸越南、我堂兄铁饼,还有我,反正参加过溲河里抹澡、柏油路上追打偷车贼的我们这帮鸟孩子,顿时停止呼吸僵在原地,谁都不敢正眼看她,因为大前天她刚刚见过我们就那么一点点小本钱,所以我们在心理上觉得自己的短处被这个块头硕大的大闺女抓住了。

就像往常来我们李庄一样,黄飞虹一进人场里,下了雅马哈停妥当了,给老少爷们打着招呼,左手从左边裤兜里掏出一包"大重九",连盒送到嘴边叼出一支,右手从右边裤袋里掏出一个金灿灿的打火机,啪地一甩,只听噔唥一声,回过手来一团火就到了烟头上。我们顿时目不转睛,心里一个劲儿琢磨,她这一手是咋弄的呢?强梁汉子尿尿不用手扶,大块头的黄飞虹抽烟也不用手扶一下,两只手把香烟和打火机送回原处后停在裤袋里,就那么嘴角叼着烟吸了一口,慢悠悠吐着烟雾,面带神秘的微笑,透过烟雾扫了我们这帮鸟孩子一眼。我们这帮有短处的鸟孩子,顿时全身酥软,活像三根大筋六根小筋都被抽干净了一样。

想当年,黄飞虹这一套抽烟的动作几乎让我们李庄老少大开眼界,甚为迷醉。我们李庄也有几个伶牙俐齿的大闺女(比如长脖子所喜他姐玉巧),也有几个专门挑战传统的妇女(比如花狗腚文启他娘柴秀荣),包括几个永远也不服输的老婆子(比如越南他奶都小八十岁了,一颗牙也没有了),她们这些女神经常悄悄地模仿黄飞虹抽烟的动作和架势,但我现在一想起来她们那种东施效颦的臭样子,就笑得肚子疼。我现在一想起黄飞虹抽烟的样子,就恨不得把她请来北京再当面抽支烟让我好好看看,完了我请她吃烤鸭。哦,对了,我现在已经搞清楚了,黄飞虹的打火机是正版都彭朗声的,当年不知道值多少钱,现在那正版玩意儿配置最低的也得五千多。

当然了,我们李庄的老少爷们,吃的是软的,屙的是硬的,怎么会被一个大闺女的区区抽烟动作镇住了?比赛继续进行。黄飞虹,多她一个观众也无所谓。车技比较好的几个就不说了,比如小攮子桂良,比如退伍兵李百林,比如我堂兄铁饼——他家的大"永久"买得早,大梁都撞弯过三四次,要是再练不好车技,说人笨他自尊心受不了,最起码自行车也是山寨版的。骑得不好的也大有人在,比如越南他爷,比如元帅李广义。越南他爷骑得不好是因为他年龄大了,而且打圈一转到黄飞虹面前他还对人家抛媚眼,一抛媚眼他就得东扭西晃好几把。元帅李广义骑得不好,是因为他家的自行车是大前天刚买的,大梁还没有来得及撞弯过,尽管他骑到黄飞虹面前时目不转睛小心翼翼,但还是一到人家面前就鬼使神差地摔倒,连着摔倒三四次。最后一次黄飞虹实在是急红眼了,她像抓一条瘦狗似的拎着元帅李广义的脖领子,把他拎起来,把他揉到一边去,然后拽起地上的自行车,脚镫子也不踩,一个凌空展翅,就飞到车座上了。我们还没反应过来,她已经超过我们了,而且第二圈起她就没再扶过车把,自行车好像有了生命,有了主心骨,驮着黄飞虹飞似的转圈飞跑。

当时我们这帮鸟孩子,赶紧停下来傻呆呆立在一边观看;小攮子桂良他们几个年轻猴,跟了几圈也停下来,站在我们旁边,纷纷赞叹黄飞虹裆里功夫厉害,不仅可以驾驭自行车,还会命令它自动调整方向。黄飞虹大撒把独自跑了两圈,突然一个镫里藏身,从三角架里钻出来又稳稳骑在车座上,动作快得如同电光火石。我们还没搞明白她那么胖大的身体是咋样钻过三角架的,她已经变花样了,只有小肚子粘在车座上,两手展开,如同燕子衔水展翅飞翔。我们嘴里念念有词,正咒她摔下来,结果她又亭亭玉立站在车座上了。我们李庄的人顿时失去了理智,失去了矜持,大鼓其掌,嗷嗷叫好。众声喧哗之间,黄飞虹回到车座上,紧蹬了几下脚镫子,加快了速度。我们正不知她又要变啥花样,忽然眼前一花,她双手抓着车座一个倒立犹如旗杆从我们眼前飒然而过……我们李庄的老少,顿时打消吃屎的念头,因为事实已经证明,吃屎已经失去了意义,我们只有不活了,死了算了。

黄飞虹精湛的车技让我们全庄老少长时间地沉浸在回味当中。我现在一想起来,就得赶紧倒杯酒喝,不然难以平静激荡的情绪。不过,我至今依旧感到万分遗憾,要是当年有录像机或者相机就好了,那么,就会给我们李庄自行车故事留下一份珍贵的影像资料。我们李庄当时也有很多人感到遗憾,尤其小攮子桂良他们那帮年轻猴,他们咂嘴再三,说黄飞虹在飞驰的自行车上做倒立时,要是穿着那件大红裙子,就没啥遗憾的了。尽管他们那帮年轻猴为了这个愿望做好了一系列的策划,甚至都有了明确的分工,但是,没有机会了,因为黄飞虹很快嫁给了李莲英。这不仅打破了我们李庄人认为的他们之间不会产生权色交易的陈腐观念,而且黄飞虹很快就大肚子了。有很多次,我们这帮鸟孩子赶泚河集,一看到两个身形迥异的人走在一起,并且一个大肚子,我们就会讨论半天,到底是李莲英主动搞大了黄飞虹的肚子,还是黄飞虹命令李莲英把自己的肚子搞大的?这个本来不太严肃的问题,竟让我们迷茫了很久。后来,我和堂兄铁饼虽然到双沟上高中了,但路过泚河集时,我们还见过几次黄飞虹和李莲英这小两口。印象深刻的有两次,一次是在泚河烟叶站大门口,黄飞虹,这个甜蜜的女神,把李莲英的头夹在腿中间,挥舞着火热的粉拳,打得李莲英杀猪般地嚎叫;另一次是一个雨天,也是在泚河集,我们和这小两口迎面相逢,黄飞虹居然没抬眼看我们,她打着一把伞,把李莲英扛在右肩膀上,李莲英瘦小的尖屁股都没有黄飞虹的脸大,擦身而过之后,我们回头一看,原来李莲英喝醉了,手里还拎着一个古井贡酒的空瓶子,脸庞像死狗的脸庞,双眼紧闭,活像不再挂念骨头的死狗,嘴角挂着幸福的涎水,悬垂的蛛丝一样。

## 老少爷们儿苦练骑技

我现在回忆一遍又一遍,还是确定了自己记忆没有出错——我可以肯定地说,从那以后黄飞虹好像就没再来过我们李庄,好像她来我们李庄根本不是为了收购烟叶,而是老天爷专门派她来教会我们如何提高自行车骑技的。说实话,黄飞虹的飞车绝技对我们李庄的人来说,不啻当头一棒,弄得我们李庄千把口子老少想死都死不了——主要是我们李庄的人都不愿意死。当然我们也不想吃屎,更不想丢了千把口子老少的脸面,所以,我们天天苦练自行车骑技。更有意思的是,我们李庄还准备举办一次自行车比赛,目的就是通过比赛活动来促进我们李庄大人小孩学成绝技,以防再有人来李庄骑自行车耍牛×,让下辈子小孩丢人。我们的目的就是这么单纯。所以,在很长一段时间里,我们李庄老少苦练自行车绝技几近癫狂状态,每天打麦场上都是熙熙攘攘,喧声震天。膀脸越南、小神童文胜、我堂兄铁饼,我们这帮大小差不多的鸟孩子都是很下功夫的,多少也都是挂过彩的,也是值得表扬的。但尤其值得表扬的是元帅李广义,每天不管我们到打麦场有多早,他都已经练得满头大汗了。为啥他每天都是第一,这个我们当然都能理解;为啥他每天都练得那么刻苦,这个我们也能理解,因为只有他的"永久"牌自行车是黄飞虹裤裆夹过的,要是练不成黄飞虹那样的绝技,那他李广义还想在我们李庄混吗,还有在这个世界上存在的必要吗?元帅李广义当然明白这个道理,因此,他是白天练,夜里练,刮风练,下雨就不练了。我们都是眼看着的,元帅李广义浑身上下都摔得伤痕累累,甚至一颗门牙也磕掉半截,但这些丝毫没有影响他苦练绝技,当然更没有动摇他要在我们李庄自行车大赛中夺得第一名的誓言。

这里既然说到元帅李广义,他的故事很多,我不妨多说几句。

据我们的《李庄野史》记载,元帅李广义"出厂"时,他爹歪嘴子李得昌没在现场,被大队抽去为公社垒院墙去了,垒完了院墙,剩了半桶水泥浆,李得昌想着家里土坯锅台,左右一看没人注意,就用个草袋子把半桶水泥浆悄悄背走了,走了一二十里地,天气又热死驴,结果背到家里水泥凝固了,用棒槌都敲不出来,当然抹不成锅台了。农民嘛,没有物理知识,真可怜。李得昌气愤地刚把半桶凝固的水泥扔河里,元帅李广义就来到了我们李庄。元帅李广义小名鸡屎,这个孬种名字是他爹起的还是他娘起的说不清了,反正他生下来就是个倔强的孩子,也许因为像个猴似的瘦,肚子里没有润滑油,所以他天天拉干屎,而且学习城里的老干部时常便秘。刚开始,我们李庄的人都说送子娘娘把他送过来时,路上把他大肠弄丢了,所以才天天屙干屎。后来知道了水泥的事,全李庄的人都沉不住气了,一看见鸡屎在大门口蹲半天就是拉不出来,就成群结队地围过去观看,还嬉皮笑脸说水泥,说凝固的水泥。智多星李得昌对此很气愤,他一赌气就跪在鸡屎面前,勾着脑袋一边观看鸡屎的屁眼,一边诱骗鸡屎:"鸡屎呀,咱李庄老少千把口子,都没见过金条,你就给爹争口气,屙两根金条给大家看看吧!"他嘴上这么说,但心里也想着水泥。于是,在智多星李得昌聪明的大脑里,各种法则、逻辑,都与现实生活有了隐勾暗连的诡秘关系,所以他当天上午赶王桥集听了一场大鼓书,书里唱到哪个王朝的李广义,回家就把鸡屎改名为元帅李广义了。

当然这些都是《李庄野史》所记载的,与我们这帮鸟孩子眼中的元帅李广义基本上对不上号。当然了,等到我们这帮鸟孩子长到一进电影场里就敢和外庄的鸟孩子打架时,元帅李广义和我们李庄的打架明星小攮子桂良都快二十岁了,他们已经比较成功地进入了年轻猴的行列。我们这帮鸟孩子都没见过元帅李广义拉干屎,我们看到的是他打架很勇敢。尽管他瘦狗似的,但练过几年功夫,好歹也算个打家子,每到电影场里必定打架,而且总是他先动手,虽然人家一碰他就倒,但这只是个技术和力量的问题,与勇敢没有关系,下次他还是照样先动手。反正不管挨多狠,即便鼻青脸肿,只要电影场一恢复秩序接着放电影,元帅李广义依然眉开眼笑。尤其是看到旁边有外庄的大闺女,我们的元帅李广义就会左顾右盼,高谈阔论,谁也没有他俏皮话儿出彩。

后来让元帅李广义不愉快的是我们李庄有了自行车,并且很快,大部分人家都有了自行车,我都有了自行车,但元帅李广义还没有自行车。平常赶集呀看电影呀,尤其是看电

自行车 / 201

影,我们李庄"飞虎队"的好汉们铃声震耳笑声一团骑着自行车在前边飞奔,后边就一个步兵李广义跑得满头大汗地追赶人家,那心里是个啥滋味,植物人都受不了。元帅李广义为了自行车跟他爹娘闹了好几场,但他爹歪嘴子李得昌就是不买,因为智多星歪嘴子认为盖几间瓦房才是正经事,所以他把卖烟叶的钱都拿到宋庄三喜的砖窑上交了预付金。元帅李广义简直气得天天都想死,也不分场合,自行车的念头一起来就讽刺他爹。那一天,我们李庄几百口子都坐在庄西头池塘边的柳树下钓鱼,几个好心眼的孬种一见元帅李广义父子都在场,马上大说自行车。一开始这对父子谁也不说话,只管钓鱼,但架不住孬种们说个不停,元帅李广义就沉不住气了,他啪一下扔了钓鱼棍,三步跨到他爹面前,我们都以为元帅李广义会抬腿一脚将其父踢到河里,结果他只是轻蔑地说了三个字:"咬铁钉!"

这三个字真是画龙点睛,真是神来之笔,具有石破天惊的效果,我们围在池塘边钓鱼的老少当场笑得"气绝身亡"。只剩下智多星李得昌一个人还活着,他先是歪着嘴迷惘地望着元帅李广义悲愤的眼神,如水的往事才慢慢渗透他板结的大脑,接着他慢慢拿出腚下的鞋子,像个皮球似的猛地跳起,和元帅李广义拼起命来。本来元帅李广义武功在身,虽然三脚猫,虽然在电影场里就像靠墙竖的一根竹竿,外人一碰就倒,但要和他爹李得昌对打,三招之内格毙其父也是有绝对把握的。可是,元帅李广义不仅不还手,而且连躲也不躲,我们眼睁睁看着他爹李得昌一脚还没踢着他,他居然一个趔趄倒地了! 在缓慢的匍匐前进中又中了他爹好几脚,可怜的元帅李广义才伏地号啕起来。当时我们这群钓鱼的老少只是觉得蹊跷,根本没想到这是元帅李广义的苦肉计。果然,智多星李得昌这老家伙上当了。他一看小孩可怜样,心里一酸,脑门上迸起一团火来,一冲动,魔鬼来了,于是,魔鬼支使着智多星马上回家,赶着一头老母猪带着一窝小猪仔,到了泲河集卖了,推回来一辆崭新的"永久"。请注意,智多星李得昌不会骑自行车,他硬是从遥远的泲河集推着自行车回到我们李庄的。

　　元帅李广义有了自行车,就像当了二十五年鳏夫的知识分子,突然娶了一个十八岁的新媳妇,一下子不知道应该咋样对待人家了,仅仅肉体上的激烈交流是不够的,长久了也是力不从心的,他还必须和人家进行心灵上的沟通,用知识与智慧消弭年龄的悬殊,让灵魂尽快而彻底地合二为一,最后达到永恒。元帅李广义也是这样的,在心爱的自行车没和他分手的这段时间里,每天东边才出现鱼肚白,公鸡母鸡还都没下架,他就把自行车推到大门外,蹲在自行车面前和这宝贝谈心,就像浪漫的鳏夫和新婚小老婆饮着朝露面对朝霞谈论《关雎》——这是我对元帅李广义有了自行车以后的种种失态状况给予的美化和讥笑,但是,他每天刚拢明就把自行车推到大门外边进行亲切交谈却是真实可信的。这个秘闻是李得印说的,李得印是我们李庄著名的农学家,他在全庄老少爷们面前说话一贯是光腚坐板凳,有板儿有眼儿,我们相信他都是相信惯了的。别看李得印长得活像蝙蝠似的,但他每天睡得比蝙蝠都晚,起得比公鸡都要早,因为他每天黎明时分都要到地里观察庄稼的生长与变化。也不是偶尔的事,他连续三天路过元帅李广义家大门口,都看见了元帅李广义坐在小板凳上和他的新自行车窃窃私语喋喋不休,三天都是东边才露鱼肚白。当然了,农学家李得印也不知道元帅李广义和他的自行车都说了些啥,他听不懂,要是能听懂,咋能还在我们李庄当农学家,早到北京外语学院当教授了。

因此,为啥每天都是元帅李广义第一个到打麦场上,这个问题就难不住我们了。

俗话说,一分汗水一分收获。元帅李广义的勤奋与刻苦获得了丰厚的回报,他不仅是第一个学会大撒把的,而且是第一个学会燕子衔水的。更让我们羡慕的是,他展示这两个绝技时还唱歌,大撒把唱《爱江山更爱美人》,燕子衔水唱《童年》,这两首歌都是正当红的流行歌。按说,我们应当嫉妒他,但一看他浑身上下活像遭过酷刑一样,一数他细胳膊细腿上的伤疤,我们心里自然就平静了。当然,要是我的堂兄铁饼取得了这样的牛××成绩,那尾巴就会翘多高。但是,人家元帅李广义不仅不骄傲,而且练得更刻苦,甚至在最酷热的中午——就是在越南他爷龙头大太子在训练场中暑那天中午,他八十多岁了,非要凑这个热闹,结果把自己搞中暑了——元帅李广义依旧苦练黄飞虹演示的另一招绝技:镫里藏身。而我们,特别是我们这帮鸟孩子,没有理想,也没有追求,都纷纷跑到树影里。当时几个大人在树影里欢天喜地抢救龙头大太子,杀猪似的,几只手一按老不死的胸膛,老不死的先是喉咙里一阵乱响,接着裤裆里就打一阵子机关枪,我们一边笑嘻嘻地围观这个,一边观看元帅李广义是如何从三角架里钻出来的。很遗憾,元帅李广义第一次试验没有成功……只见他加速,加速,再加速,右腿迈下来,慢慢从三角架里伸过腿去,踏上脚镫子,继续加速,蹲下,右手离把从大梁下伸过去,抓住车把,再探头钻过大梁,哎呀呀呀……一溜跟头一溜屁,叽里咕噜,连车带人滚成一团,刹那间,元帅李广义和自行车纠缠一团,趴在地上好像死了。刚好,这边龙头大太子呕呀的一声醒过来了。这个活神仙,一看我们这帮鸟孩子往打麦场里跑,他也一跟头一栽地跟过来。结果我们大家一看,元帅李广义根本没死,除了磕掉半截门牙——对一个伤痕累累的年轻猴来说,半截门牙还提个啥。尤其是对我们李庄的人来说,元帅李广义一嘴牙都磕掉了又咋着,我们李庄以前又不是没发生过一嘴牙都磕掉的事,已经发生多次了,细说起来,元帅李广义排队都进不了前十六名。我们这帮鸟孩子当时高兴得不得了,心想仅仅摔掉半截门牙是不够的,要是他摔成植物人就好了,那我们在比赛中就会少一个有很大威胁的竞争对手。

## 我们李庄举办自行车比赛

我们李庄举办自行车比赛这个高级主意,包括整个策划与实施过程,现在我也说不清都是谁搞的了,当时就争得很厉害,有人说是退伍军人李百林最先出的主意,有人说是茅根草李风潮搞的策划,还有人说小攮子桂良……这么一说,你就知道我们李庄聪明人还是有几个的吧。反正,在我们李庄,不管啥事,说简单就简单,说复杂就复杂。尽管我们李庄的人啥事都喜欢搞简单的,但这场自行车比赛要是能说清楚,那就不是我们李庄举办的了,而是伦敦举办的。好多事都说不清楚也没有关系,我们李庄举办的那次自行车比赛,也照样可以载入我们李庄自行车历史,就像清史记载的许多大事件,又有几件事能说得清楚的呢?即便载入史册,也有存疑之处。当然了,我们李庄的自行车历史与清史大事相比,只能算根鸟毛。当然了,对我们李庄人来说,清史大事与我们李庄的自行车历史相比,连根鸟毛也算不上。

按照我们李庄的历史经验,说不清楚的先打个包吊在梁头上,等后世哪个孙子好奇了,爬上梁头打开包看看,咋解决随便他好了。

我们李庄首届自行车比赛如期进行。

我记得很清楚,比赛那天离开学还有整整三天,因为组委会考虑到我们这帮鸟孩子要是一上学,就不便参加,虽然不影响热闹,但是,要是没有我们这帮鸟孩子,到哪儿找垫底的几个蠢货呢——这是组委会副主任茅根草在饭场里说的。小神童文胜、膀脸越南、我堂兄铁饼,我们这一帮鸟孩子听说后,一个个气得大骂一通公蛤蟆日的母蛤蟆养的茅根草!

做事情虎头蛇尾是我们李庄人最爱的,所以,在我们李庄千把口子老少看来,比赛结果是根鸟毛又咋的,反正比赛开始那天一定要搞得隆重之又隆重。主席台就设在我们天天练习骑技的打麦场上,从我们李庄小学借的三张条桌拼在一起,上面铺着退伍军人李百林提供的绿军毯,这条毯子来到我们李庄也有好多年了,他老婆巧玲喜欢铺它睡觉,现在已经磨出了很多透明的小窟窿,还有很多斑点,很多片状渍迹,不知是尿的还是别的啥东西……在一盘鞭炮声中,掌声有请评委们进场。首先请评委会主席退伍军人李百林入席。李百林这个鸵鸟日的故事也很多,如果从他出生说起,估计我这辈子就不用干别的了,而且可以肯定,就是说到我油尽灯灭,至多也只能说到这场自行车比赛。李百林提着自家的录放机,就是南京无线电二厂生产的"熊猫"牌录放机,每次都要装上八节三号电池,唱上三四盘带子就没电了。他上了主席台,录放机放在毯子上,啪的一按按钮,先是几声唢呐独奏《百鸟朝凤》,这显然不是他想要的,于是又按,咮啦啦,咔吧,一阵子忸怩的声音之后,越调《白奶奶醉酒》就没头没尾地唱起来了。第二请评委会副主席李风潮入席。李风潮外号茅根草,以前我在讲我们李庄的故事里多次提到过他,现在他的身份是我们大队前治安主任,这两年比较寂寞,此次被邀参加我们李庄自行车比赛这项隆重活动,其激动心情可想而知。大家请看,台上摆的所有奖品都是他赞助的。这些奖品来之不易,茅根草李风潮顶住了他老婆子的三天斥骂和四顿殴打,还是自掏腰包购买了这些奖品。他老婆子外号叫作曹跐跄,别看一条腿长,一条腿稍短一些,走起路来一步一个跐跄,但是,照样把茅根草俩腮帮子抓得鹰爪搂的一样……茅根草李风潮坐在主席台上,脸上伤痕还没定疤,还渗着红的血丝白的血清。录放机里越调皇后毛爱莲唱道:"怪不得清晨乌鸦叫,事到临头我好心焦……"茅根草面前的桌子上,整整齐齐地摆放着六条"亳州"牌香烟、六瓶古井贡酒、六斤糖果、六双黑袜子、六条白毛巾、六袋子洗衣粉——望着被自己命名"六六大顺"的奖品,茅根草兴奋之情溢于言表,一直举着自制的纸喇叭停在嘴边,时刻准备宣布比赛开始。

我们全庄的所有选手,总共五百三十八辆自行车,摆成十条纵队,纵横都很整齐,场面宏大,从打麦场一直排到我们李庄东头的流粉河桥头。也就是说,流粉河桥头就是出发点,一上河东岸的大路,一直向南骑一点五公里,右拐,拐向我们李庄南地的田间小路,一直向西骑一点五公里,再右拐,上了我们李庄西头的大路,向北一点五公里,继续右拐,直奔打麦场。按照组委会指定的比赛场地和规则,这个曲里拐弯的"回"字形路线,就算是自行车比赛项目里的公路赛了。本来,按照茅根草的意思是,在通往泇河集的公路上用麻绳拦一骨节当作公路赛场地的,但考虑到公路不是我们李庄的,也没法实行交通管制,车来车往的,万一撞死几个,不管撞死谁,对我们李庄来说都是个损失,更主要的是不符合我们李庄举办这次比赛的精神。就像评委会主席李百林说的:"×你娘,掏腰包归掏腰包,也不能乱出败国点子呀!"

说到底,我们李庄的自行车比赛是不可能按照国际比赛标准进行的。组委会只能借鉴国际比赛标准,结合自身实际,专门制定了一个李庄自行车比赛章程。这个章程,不仅使公路赛变了形,还取消了越野赛,因为我们那儿没有丘陵山地之类的场地。同时取消的还有 BMX 赛,因为包括见多识广的李百林主席也搞不清这个项目到底都有哪些内容。不过,公路赛结束之后,回到打麦场上,我们要进行正规的花式表演赛,这个,应该可以说和国际比赛没啥大的差别了吧。

一下子有了这么热闹而不犯法的事情,我们李庄的人有多么高兴就不用说了。尤其是我们这帮鸟孩子,简直喜极而泣,无法形容。前排不说了,后排也不说了,就说我们这条横队的小神童文胜,本来长得猪头猪脸,还特意剃了个板板整整的平头,这个发型基本上可以让他和外星人成为堂兄弟。我堂兄铁饼历来喜欢长发过耳,刘海垂到鼻尖,这时候为了视线开阔,也弄了一根皮筋把头发紧紧扎在头顶,两鬓还用两个粉色发卡夹得光溜溜的。我们这一横队的排头兵膀脸越南,把自行车擦得尤其锃亮,也不知用的啥油,散发着一股恼人的气味。我们正在猜测,就听越南他娘在观众群里指手画脚大骂一瓶香油,我们马上大笑起来,恨不得赶紧回家拿出香油瓶,把自行车擦拭一下。膀脸越南不仅给自行车搽油抹粉,他本人更是精心打扮了一番,尽管他脸大如盆,身瘦如猴,但他照样往更瘦里装扮,上身是杏黄色紧身褂子,下身是一条碧绿的裹腿裤,弄得俩腿活像两根蒜薹似的。有了这辆抹香油的自行车,再有了这身空前绝后的装扮,膀脸越南更是得意忘形,那模样活像刚被奄奄一息的父皇立为太子,只消他爹上边一挤眼,下边一漏气,天下就是他的了。但是,很不幸,他这身醒目的打扮不是唯一的,因为元帅李广义的装束和他一模一样,也是杏黄色紧身褂子,碧绿的裹腿裤。

不过,元帅李广义更不幸,因为他的自行车三天前被人家拐走了,他无法作为选手参赛,只能作为一个维持秩序的人员参加赛事。本来,我们都以为元帅李广义是我们这次比赛中的劲敌,谁料到,半个月前,他们那帮年轻猴去三十里外的高公庙看电影,别人看完电影都是空手回来的,元帅李广义却驮回个花不溜秋的大闺女。这个大闺女也没啥好说的,小鼻子小眼小耳朵,一笑一嘴老鼠牙,小脚小手小身板,别的还有哪儿小我们就看不见了。反正,夏天嘛,她最惹人注目的是奶子太小了,胸膛上安两个杏核一样。所以,她刚到我们李庄,脚步还没站稳,马上就有了个外号叫杏核。我们李庄的人算是聪明的吧,但我们都没看出杏核人小鬼大。也就是三天前,才吃罢早饭,杏核就要给元帅李广义抽骨髓,我们李庄的大人都知道啥是抽骨髓,抽完了,元帅李广义俩腿软了,她就自己骑着自行车去古城集烫头发,结果,结果,脑残的蚂蚁都知道只剩下两个字:没了。当时我们李庄的人还傻乎乎的,几百辆自行车全部出动,东西庄,南北集,方圆五十里都找遍了,连流粉河万把个螃蟹洞都掏了一遍,结果没有找到。也就像那句老话说的,所有的智慧用光了,剩下的就只有愚蠢了。一开始,元帅李广义还不相信这个颠扑不破的真理,当我们一大群人徒劳无益地回到他家门口时,他两只鸡爪般的细手叉着麻秆似的腰肢,乌紫的嘴唇直打哆嗦:"找不着人不要紧,把自行车找回来了吗?"他说完这句话就意识到这句话里漏洞很大,接着一屁股坐在地上,两手攥着细脖子,龇着半截新镶的洁白门牙,放声大哭:"我的人啊,不,我的自行车呀,亲爹呀,你在哪里呀,赶紧回来吧!"哭得异常凄惨,声音诡异之至,好像他的大肠真的找不到了。

  是苹果就会在风雨飘摇中生虫坠落,是爱情就会在上当受骗中凋零萎缩。这是我们李庄一百多年来的座右铭，居然对元帅李广义没起一点儿警示作用，所以呀，他上当受骗了。当然，元帅李广义的自行车被骗，在我们李庄自行车故事里只能算个小点缀，不管是悲剧还是喜剧，可以肯定，都不会起到啥教育意义。因为我们李庄历来就是这样，吃一次亏上两次当，如果马上形成经验教训，那也不符合我们李庄的习俗，尤其不符合我们李庄人的性格和智商。我们李庄的人要是干完一件蠢事马上就明白自己做了一件蠢事，那是不成熟的表现，要是干完一件蠢事仍然认为自己干了一件漂亮事儿，那才能展现我们李庄人的英雄本色。元帅李广义明白了这个道理，就等于自己给自己做通了思想工作，把自己的思想都搞通了，就等于把大家的思想都搞通了，那在我们李庄就好混了，在我们李庄好混，就代表在整个地球上都好混。因此，我们李庄搞自行车比赛时，虽然元帅李广义没有自行车了，但组委会主任李百林打破陈规陋习，专门带着两瓶啤酒去请他，请他当维护秩序的工作人员……唉，不说了，都是三天以前的事情了，按照我们李庄人的性格，一秒钟之前的事情都是历史，三天以前的事情早就被埋进历史垃圾堆下边第十六层了。所以，元帅李广义当时就痛快地答应了李百林的邀请，而且这会儿他还异常负责，胳膊上勒的红袖箍也不知道从哪儿弄的，嘴角叼着香烟，手里一根竹竿，在自行车队伍边上前前后后踱着步子，观察着队伍秩序。我们的排头兵膀脸越南脖子上落个蠓虫,刚挠挠,元帅李广义马上夹下烟头,竹竿一指,扯着嗓子叫唤:"站好!站好!×你娘,有个自行车你就是人才了?奶奶个熊,有啥了不起的!说你呢,就那个穿绿不莹莹瘦腿裤的,跟我一样的那个,俩细腿蒜薹似的,站好了!"

虽然比赛即将开始,但有一个人我必须得先说一下,因为这个人不仅使这次比赛充满了喜剧效果,还充满了谲诡的气氛。

这个人小名叫双喜,比我们这帮鸟孩子大五六岁,外号稀毛太郎,我们李庄的人从来没叫过他双喜,一律叫他稀毛太郎。他爹就是我们李庄著名的农学家李得印,他娘在饭场里动不动就扯着衣襟擦嘴,大夏天的,俩咪咪耷拉多长,也不白,紫茄子一样,没啥看头,又是个啰唆嘴子……我就不说她了。

在我们李庄人眼里,农学家李得印整天研读《麦茬红芋的栽培和护理》之类的农业科技书籍,具有高深的科学知识,谁家的庄稼都没他家的庄稼长得好,但是,再渊博的人也有知识盲区,李得印就是这样的——双喜自从出生头发就是东一根西一根,一直到了二十岁出头,也就是到了眼前自行车大赛时,依然如此。李得印还用蒜汁和猫屎等等世间稀缺奇品研制了无数种生发剂,但双喜的头上毛囊依然堵塞严重。不管何时何地,只要我们从稀毛太郎面前走过,或者他从我们面前走过,我们都能闻到一股说不清的气味,后来我们这帮鸟孩子长大了,才知道这种传奇般的气味叫作傻气。尽管我们李庄人忍受着这种气味,怀疑着种子的问题,但还是给双喜起了个外号:稀毛太郎。因为在我们李庄活着不容易,没有个外号咋能行呢! 但也必须承认,农学家李得印在科研方面的遗传基因还是很强大的,双喜,不,稀毛太郎从小就酷爱钻研,十多岁就会骟鸡,也没见他跟谁学过,但我们李庄的人都见过,他把半大的小公鸡两个翅膀交叉一别,塞在脚下,用大洋钉制作的小刀在鸡屁眼下边划个指头大的口,然后用细如头发的铜丝打个活扣,往刀口里一伸一拽,公鸡两个腰子就出来了。公鸡那点东西被掏出来了,公鸡也就没有公鸡的功能了,公鸡也就没啥秘密可言了,但科研工作还要继续,稀毛太郎进一步就想掏出狗的秘密。但是,狗哪是那么好欺负的,尽管是他自己家的大黄狗,也不会同意主人用大洋钉制作的小刀划自己蛋皮呀,只听大黄狗一声惨叫,好似魔音贯脑,活像魑魅魍魉,一晃眼神,就见大黄狗一口咬住了稀毛太郎的脖子,要不是他爹李得印赶紧拿来一条炖鸡腿哄大黄狗半天,稀毛太郎肯定毙命狗嘴里。在很长一段时间里,稀毛太郎脖子里包扎了一圈又一圈纱布,坐在自家门口养伤。正巧当时我们那地方刚兴起泗州戏,稀毛太郎就在养伤期间学会了几段唱腔,农学家李得印手里有几个钱,一听小孩唱得不错,居然神差鬼使给他买了一把胡琴。这下好了,我们李庄千把口子老少,几乎天天都能听上一出两出免费的。要说稀毛太郎唱得最好的,也就两出戏——要是有月亮的晚上,我们就能听到《西厢记》:"一轮明月照西厢,二八佳人莺莺红娘,三请张生来赴会,四顾无人跳花墙,五鼓夫人知道信,六花棒拷打莺莺审问小红娘……"这出戏稀毛太郎唱得津津有味,自身也深入戏里,常常忘了自己的姓名。要是没月亮的晚上,我们就能听到《风波亭》全本。稀毛太郎唱这出戏时,都是眼含热泪,怒目圆睁,好像神通万里思接千载,一场冤屈事就发生在他眼前,直哭得鼻涕一把泪一把。后来我当兵走时,正好稀毛太郎在地里撒粪,也就是相当于撒化肥,一听说我当上兵这就要开拔,非要唱段《风波亭》送我,好像我从军路上也会遇到秦桧、万俟卨这两只狒狒,要害我于非命。当时我那驴脾气,真想没头没脸抽他十几二十个响的,但一看他头上也没有半根新毛,就算了,对他摆摆手,义无反顾地上了大路。

又说走嘴了。

说自行车比赛的事。

在我们李庄自行车大繁荣时期,几乎家家都买了自行车,但稀毛太郎家就是不买,也不是买不起,农学家李得印也想买,但稀毛太郎就是拦着不让买。这秃驴日的,还捋捋胳膊,振振有词:"我要问问老天爷,你老人家让人长两条腿干啥用的?要是买了自行车,两条腿就没啥用了。有买自行车的钱,再添几个,买头骡子多好,又能拉车又能犁,又能拉磨又能骑。"看看,面对这种千古奇才,我们李庄人还有啥好说的。就这样,我们李庄大家都买自行车,只有稀毛太郎家买了头骡子,一头花脸骡子。不过,说实在的,他家买的这头花脸骡子,长相漂亮,可谓风度翩翩,经常在人前昂首挺胸,引吭高歌,而且清高无比,眼神睥睨世界,活像Z国那个诗人。平时,稀毛太郎对这头骡子爱护备至,每天都喂它一块豆饼,它长得膘肥体壮,有时候我们骑自行车赶集,稀毛太郎就骑着这头花脸骡子赶集,要是一跑起来,不管我们骑多快,都会被撇得远远的。前段时间我们都在打麦场里苦练自行车绝技,稀毛太郎就骑着这头花脸骡子在田间小道上溜达,还在夕阳西照时刻高声大唱泗州戏,好像世外高人,好像深山隐士;一旦唱到高兴处,这秃驴日的,他还纵骡狂奔,快如找死,气势汹汹,活像绿林响马。

但是,我们全庄人都没有想到,这个没几根头发的奇才,这个骑骡子的,非要参加我们的自行车大赛。当然了,别说我们这帮鸟孩子不同意,就是组委会也坚决不同意,尽管组委会副主任茅根草一贯爱搞裙带关系,尽管论辈数他和稀毛太郎是没出五服的堂兄弟,但这时候他坚决反对稀毛太郎捣乱,破坏我们李庄的体育运动,"✕你娘,把杨乡长的放大镜借来,检查一下脑壳子上有几根毛,简直,纯粹,纯粹给我们这个运动会丢人!"但是,一眨眼之间,全李庄的人都同意稀毛太郎参加了,因为他当着大家的面说了,要是拿不到前三名,他马上就把骡子杀了,大家都分一疙瘩肉吃。在我们李庄,只要当着三个人说过的话,那就比法律还具有法律效力,更何况当着全庄老少的面说的话呢！再说,我们李庄的人吃过猪肉羊肉,吃过驴肉狗肉兔子肉,吃过鸡肉鸭肉鹅肉,还都没吃过骡子肉,不能拒绝,大家谁不想吃块骡子肉呀？何况,他那头花脸骡子平时的德行,平时他骑着花脸骡子的德行,让人看在眼眶里,气在心坎上！于是,骑骡子的稀毛太郎参加了我们的自行车大赛,而且排在最后一列横队里——由此可见,组委会那几条鼯狗多想吃骡子肉。

当时我们这帮鸟孩子排在中间,前边看不到带头的小攮子桂良——小攮子桂良之所以排在第一,因为他说了,如果不让他排第一,那这次比赛在安全方面就会存在许多隐患——后边看不见骑骡子的稀毛太郎。闹嚷嚷中,只听见又是一阵子鞭炮声,之后,我们也没听到茅根草用纸喇叭宣布比赛开始,就见前边车队松动了,活像风吹流沙那样快,活像雨打蚁群那样忙。我们这帮鸟孩子赶紧裆下一紧,骑上自行车就跑。一上自行车我们才知道,在五百多辆自行车队伍里,你给人家磕响头都跑不快,平时练的绝技根本无法施展。还没到流粉河桥头,就有百十辆自行车相互撞击摔倒在路边,鬼哭狼嚎破口大骂声此起彼伏。刚拐上大路,才发现平时宽阔的道路有多么狭窄,十辆自行车想齐头并进简直是做他娘清秋大梦。大路东边是一条半丈深的土沟,沟东边是一望无际的秋庄稼,有绿有黄,绿的是红芋秧子,黄的是秋芝麻,一垄红芋秧子上有几十只蚂蚱跳跃,一株秋芝麻上有一队蚂蚁上下奔忙,还有一群乌鸦,有五六十只,在庄稼上空飞徊不止。大路西边是流粉河,当时河水清澈,水草茂密,水深过丈,沿河岸都是蹿天杨树行子。本来向南一点五公里就向右拐了,但还没跑一公里,至少就有一百八十辆自行车被撞进流粉河里,还有一百多辆掉路东土沟里了。骑手们的痛苦尖叫与丧命般的号啕就别提了,主要是很多人的宝贝自行车也在尖叫和号啕,可以想象骑手们心里比油煎刀攘还要难受。

  我们这帮鸟孩子凭着累月的苦练摔打,凭着自己的机灵,正在庆幸还没有掉进河里,也没有掉进沟里,坏事了,稀毛太郎的骡子追上来了。我们这些骑自行车的选手是有思想的,骑骡子的选手有没有思想我们不知道,但骡子肯定是没有思想的,我们想躲,驾驭骡子的骑手也想躲,但骡子不知道躲,结果,很惨啊兄弟,有思想的我们干不过没有思想的畜生啊——只见一片乌云遮日,活像雷公从头上飞过,骡子响亮的蹄声刚到身后,我就看见它蓝汪汪的大眼睛和又弯又长的眼睫毛,接着,我还看到这畜生睥睨群雄的眼神……饶是我一把抱住了一棵杨树,但我的自行车投河自尽了。小神童文胜水性差一些,自行车沉水底了,但他不想也跟着沉下去,两臂猛烈击打水面,高声呼叫铁饼:"铁饼大哥快救我狗命啊!"我堂兄铁饼一把没有抱住杨树,索性直接骑河里了。不过我堂兄铁饼确实了得,他不仅很快把自己的自行车捞上来了,还把文胜连狗命带自行车也救上来了,更重要的是,他居然一点条件都没提,就把我的自行车也捞上来了。这真让我刮目相看,要是平时,我就是给他一块钱再请他连看三场电影,他也绝对不会给我捞自行车的,看样子在河里骑一次自行车医疗作用还是不小的,至少把他贪婪的脑袋洗干净了,当然也可能把智商洗没了。膀脸越南一贯喜欢魔术,眼看着他是骑着自行车下河的,就见水面上很快漂了一道子油花,但过了好大一会儿,油花散尽了,他才露头,他居然是扛着自行车上来的,好个鸟孩子,真有能耐,简直是东海龙王日下的!只是,他那碧绿的裹腿裤两条裤腿都被小龙女拽炸线了,水淋淋的一上来,走动间两条腿滴溜耷拉,活像青蛙两条后腿被剥了皮。

我们几个鸟孩子上岸后站在杨树边傻傻想了半天,才忽然明白过来,组委会把骑骡子的稀毛太郎放到最后一排,一心一意想吃骡子肉,好像如意算盘,其实压根就没想想,这样安排简直就是在全世界做了一件最缺德的事。没有多大一会儿,差一点就跑第一的小攮子桂良也明白了这个道理,因为他快要拐向打麦场时,也遭到骡子的袭击,两位骑手并行时,骡子想并道,突然一尥蹶子,嘎啦一蹄子正中他大腿,"我咋办好呢,×他二大娘,只好拐沟里了……"英雄盖世的小攮子桂良右颧骨上擦破了一层皮,就像一片腐烂的树叶耷拉在脸上,伤口里还渗着血丝,渗着黄油般的液体。

本来,我们李庄举办的这次自行车大赛,可以成为我们李庄自行车历史上的华彩乐章,但是,一头花脸骡子不仅搅黄了我们的妙事,还造成了巨大的损失。后来统计,损坏的自行车有一百多辆,落水人员与受伤人员,在一片哭声与叫骂声中也没法统计。虽然原定的花式表演赛被迫取消,但第一名的奖品照样发给了秃驴日的稀毛太郎。因为没有别的名次,也不会再有别的比赛项目,茅根草李风潮当即擅自做主,一下子把"六六大顺"全奖给了稀毛太郎一个人。你们是堂兄弟,这简直乱搞裙带关系;你掏腰包买的奖品不假,可你这简直就是监守自盗,就是肥水不流外人田!×你娘!当时气得评委会主席李百林差一点把桌子掀翻,一把拽下布满洞洞和不明印渍的绿军毯,雨披似的往肩上一裹,拎着录放机闷着头回家了。录放机里还在唱着:"胡大孬真马虎,昨夜抬回一个二百五,到嘴的仙桃没咬住,啃了一口坏红薯,唉,吐也吐不出!"

一切都不消说了,只有冠军稀毛太郎得意扬扬,比头上长满乌发还要兴奋,天天裤腿挽多高,露着黑袜子,戴着白手套,嘴角叼着"亳州"牌香烟,坐在门口,也不管清早晌午,更不管有没有月亮,只管拉着胡琴大唱《西厢记》。那头立了战功的花脸骡子就拴在大门口的椿树上,一听稀毛太郎唱到"四顾无人跳花墙",又是打响鼻又是刨蹄子,好像它的前身就是那位在戏里得了手的张生。

## 我们哥俩与自行车设计师卓玛

我们,也就是我和堂兄铁饼,终于从乱哄哄闹嚷嚷的自行车里拔出身来,背上书包,驮着被褥,骑上自行车上学去了。本来我们李庄有四个人考上了高中,三男一女,女的叫小青,她考上的是亳州一中,我们三个男的考上的是双沟高中,一个是我,一个是我堂兄铁饼,还有一个就是小神童文胜。但是,我们三个男的一起送小青去亳州一中报到时,小神童文胜趴在铁轨上听火车,结果脑壳子被火车轧掉找不着了……祈祷老天爷保佑他早日托生成人,还来我们李庄,和我们一块儿尿尿和泥,一块儿捏一堆刀枪剑戟,一块苦练自行车绝技,一块儿考上双沟高中,一块儿送小青去亳州一中。当然,依照文胜的德行,到时候他还会趴在铁轨上听火车的。

双沟集是我们溉河乡通往亳州必经的重镇之一,虽然离我们李庄有三十八里地,但一想到我们要在那儿上三年高中,感觉上就像在我们李庄旁边。我们过了溉河集,一拐上柏油路,我堂兄铁饼就非常严肃地对我说:"收收心吧,老帮兄弟。有的人死了,有的人上亳州一中了,我们也不要再和李庄那帮鸟孩子玩自行车了,咱哥俩得好好上学了。"

那时候双沟高中大门不像现在这样牛烘烘地放光辉,也就是一圈围墙,大门是两扇铁栅栏门,大门两边有两个高大的电线杆子,两条电线连向哪里看不见了,只能看见两条电线上落满了叽叽喳喳的麻雀。到了双沟高中门口,我堂兄铁饼,这位相公,望着两根粗大的电线杆子,良久,才把目光落在两队麻雀上,信誓旦旦地说:"老帮,我的好兄弟。咱哥俩要好好学习,考上大学,毕业后死活都要到上海,都要到第一自行车制造厂工作去!我们要制造会腾云驾雾的大'永久'!"

有了这个誓言,那我们的学习劲头还要多说?就像小时候吃药,虽然不全是自愿的,但是心里明白不吃药身上的病就不会好,头上的疮疤就不会掉,大人们手里的棍子也不会同意的。当然了,双沟高中的教学方法还是比较有吸引力的,别的不说,仅仅在上课方面,就不光是本校老师,有时候会来一个肩膀上搭条白毛巾的农民老大爷给我们上一堂农业课,有时候税务所的李所长身着制服也来给我们讲一堂工商税务课,李所长是个女的,四十多岁,是个麻子,而且屁股肥大,我们都叫她沙发腚;派出所的赵所长也全副武装地来给我们上过一堂法制课,他先把手枪啪的一下拍在讲台上,然后,一说话就怒目横眉,龇着几颗大黄牙要滴黄浆似的,简直令人作呕三日……

我们最喜欢的是文化馆馆长卓别林的作文课——

其实,双沟文化馆馆长名叫卓大林,为啥叫他卓别林,当然也有历史原因,但有些历史原因根本就不是我这样的鼠辈所能了解的。卓别林老家是沙土集的,因为我爹在沙土集培训过种烟烤烟,所以这一点我不仅记得很清楚,而且不由自主地觉得在感情上和卓别林比较亲近。我记得更清楚的是,卓别林口才无敌,肚里很有学问,还经常在《亳州文艺》上发表大块文章,所以我们学校动不动就请他给我们上一次作文课。论说起来,当年卓别林也有五十多岁了,但他打扮得比较作妖,头发很长,还打了头油,前边梳得明溜溜纹丝不乱,后边扎个翘翘的马尾小辫,从后边看活像个骚娘们。想当年,卓别林这个年纪还留着这个发型,可以说在我们全亳州都是独一无二的。他每次来给我们讲作文课,都是穿着那件蓝底走红线的圆领毛线衣,长及膝盖,好像裹一件道袍,我们李庄的人把这种线衣叫作狗套头。卓别林要求我们写作文不要墨守成规,要有想象力,要敢于联想,敢于夸张,敢于讽刺,敢于装疯卖傻,敢于糊里糊涂,而且还要善于触景生情。正说到这儿,忽然雷声大作,暴雨倾盆。卓别林马上满脸喜悦,一指窗外,信口开河:"同学们,各位同学们!请看窗外大雨啊!我们,我们是不是马上就可以来他短赋一篇《雨好大哉》——那雷耶,那雨耶,那雨下得箭杆耶,瓢泼耶,筲倒耶,一点一个雨泡耶;下得麻雀不敢飞,黄鹂不敢叫,泥鳅钻入稀泥兮,鲤鱼不敢跃,何况老鳖乎?"我们听得哄堂大笑,敬佩不已。说实话,这么多年过去了,这学那学我也上过很多,但从来就没遇到过如此有才华如此有口才的老师。

有卓别林这么一堂课,其他老师的课还有个啥听头,也就像吃药,甜的吃完就行了,哪个龟孙还愿意吃苦的,要是连苦药也吃,我们李庄的人知道了,笑话我们不说,还会开除我们哥俩的庄籍。所以,只要不是主课,我和铁饼一看哪个老师好欺负就逃课,就骑着自行车上街旅游。所谓旅游,对我们哥俩而言,也就是到处窜、到处转的意思。那时候双沟集虽然曲里拐弯,但也有八九条街,据说唐朝武则天横行的时候,老亳县也就是这样的。这么一说,我和铁饼都觉得自己是在城里混的人物了,虽然兜里也没有几块钱,但照样骑着自行车在大街小巷参观旅游。嗷呀,现在,到了这个岁数,我也就不保密了,当年我们参观旅游的目的就是看大闺女——我们没有别的意思,各位也不要往那里面分析推理,我们就是看一看,因为我们毕竟不大,刚刚到了就是喜欢看一看的年龄。像我们在家时经常赶的溯河集、古城集、王桥集,我们已经看过数百次了,看到的基本上都是菜花,从来没有发现过奇葩,这让我们对早就憧憬的双沟集充满想象,满心以为总有些秘密等待我们去探索一下。结果,就像在家门口三个集上一样,基本上都是天天上当:从背后一看,是个美丽有型的好身条儿,马上飞车过去,结果追上了回头一看,嗷呀,屙屎屙到鞋尾巴上,没法提了。但是,刚看见人家背影那会儿哪有理智可言——你想呀,发情时刻的公狒狒奔向母狒狒时,你给它讲一下理智试试就知道理智是个啥玩意儿了。所以呀,别的事上当了还要再上当虽然是恶性循环,但就像人拉稀一吃药就能止住,而我们这个上当是良性循环,吃多少药是没有意义的。当然,我们那时候正值美好的青春期,我们都喜欢在"看一看"这方面再三上当。现在想来,这些不仅符合青少年的青春期特征,尤其彰显了我们李庄人的禀性与风格。我们在双沟集上高中时,别的方面暂且不说,仅仅在参观旅游方面上当受骗的故事,就可以写一本六百二十页的《双沟寓言》,就像《伊索寓言》那种款式,看一辈子都看不够……唉,我现在一想起来在双沟集上连续上当的种种往事,心里边比喝了蜜水还要甜。

就这样,有很长一段时间我们哥俩沉醉在上当受骗里边,尽管虚假敌情频频,但要是有一天不上几次当,我们的学习成绩就会急速下滑。有一天,也就是说到了腊月里的这一天,我们哥俩又一次逃课,历史课,又是满街乱转,连上十好几当,就像跑了十八圈没有遇到热屎的狗,哪里能甘心,怀着碰运气的念头又去文化馆看电影,就像一些古典文艺评论中所说的那样,在现实生活中满足不了的,人们就会到艺术世界里去寻找安慰。结果,也就像俗话说的那样,东里不着西里着,我们刚到电影院门口,又看到一个美丽的背影,她上身穿着鹅黄色鸭绒衣,烫的短头发,围着深红色大围脖,下身是黑色宽腿裤,屁股下边是一辆白色"木兰"牌摩托车。一看到这个背影,我的堂兄铁饼,这位相公,马上胸有成竹地说:"这次,我要是再看走眼了,我就把俩眼珠子抠出来喂鸡!"话音未落,我堂兄铁饼,比我大七天,速度比我快七百倍,已经到了人家面前,自行车啪的一个大摆尾,像座雕塑似的在人家面前僵住了,就像一个长跑健将正飞速奔跑着,突然看到一个天仙,他不仅顿时站住,还瞬间变成了眼含热泪的人化石。

这个情景在我脑海里从来没有改变过——我们和卓玛第一次见面,就是这样的,这个镜头在我心里一直播放,放了二十多年了。这个卓玛,就是文化馆馆长卓别林的闺女。我和堂兄铁饼与卓玛从认识到烂熟,也是轻而易举的,根本就不像现在少男少女,又是博呀又是微呀等等一大堆玩意儿。那时候我们那儿当然还没有这些玩意儿,所以我们少男少女从认识到熟悉,靠的就是我们的气味。这个体验,从理论上说,凭一般知识分子的智商,也未必明白,既然说到了我和堂兄铁饼遭遇了卓玛,也不妨做个例子,简单讲一讲当年我们农村少男少女是咋样靠气味熟悉起来的。

我们到了卓玛面前,一看她面目俏丽,气质迥异,顿时耸了几下鼻子,先闻一闻气味打不打鼻子,也就是说空气里有没有一股气味扑面而来,直冲鼻腔。我和堂兄铁饼也有气味,卓玛也能闻到我们的气味。我们六束目光交接互动,气味东流西淌,鼻子耸动,面带微笑,就像猎犬闻到猎物的气味,就像狐狸闻到母鸡的气味,就像山羊闻到绵羊的气味,就像我们闻到卓玛的气味,就像卓玛闻到我们的气味。我们双方似乎还闻到了爱情的香味,爱情的香味和烧鸡的香味差不多——这是我们当年对爱情的理解。各种气味如同各种天体在空中来回碰撞,只听叮叮当当一阵子乱响,于是,我们就和卓玛熟悉了。这就是说,气味对了就可以跟你走遍天涯海角,气味不对咱就棒打鸳鸯散伙去他娘的。卓玛身上的气味让我们着迷,好像断肠散,好像蒙汗药,好像迷魂香,我和铁饼哪里能经受得了,恨不得当场化成一汪水消失在空气里。事实上,没过几天我和铁饼都明白了,卓玛使用的是一种清淡的香水,只是,这么多年过去了,我再也没有闻到过那种怀旧版的香水气息。

没有几天,或者说紧接着,我们知道了卓玛已经大学毕业,现在在上海工作,就在生产"永久"牌的那个自行车制造厂,是工程师,她的主要工作就是设计自行车,她目前主攻的方向就是设计适合农村用的新款自行车,并且想趁这次休假回来,做一番实地调研工作。

这么一说,难道我们还没有共同话题吗?

我堂兄铁饼,也长了个驴桩个子,高大,但不英俊,而且脸上表情相当复杂,最突出的不是几粒青春痘,而是色情和蛮不讲理之类的元素,活像苍蝇屎一样布满了面颊——多少年过去了,我才明白,我堂兄铁饼脸上的这些元素,无论从前还是现在,即便到了将来,都是特别讨女人喜欢的。他依仗着驴桩个子,看卓玛时老有些俯视的感觉,这感觉让他尤其得意忘形,因此,他的眼光只要和卓玛的眼光一碰上,他的驴脸一下子变得慈祥起来,真变态。他大讲我们李庄的自行车发展史,讲我们李庄的元帅李广义为了拥有自行车说他爹咬铁钉,说我爹把新买的自行车大卸八块,说他自己的自行车大梁撞弯过六回,说我们李庄的飞虎队,说卖烟叶,说体重整整一吨的黄飞虹展示骑车绝技,说到我们李庄的自行车大赛时,他的舌头提溜耷拉差点儿从嘴里掉下来。我要是纠正一下他哪一句话说过了头,他马上一招鹰爪锁喉,狠狠掐着我的脖子,满脸通红,大声呵斥:"闭嘴!卓馆长给我们上作文课时咋说的,要敢于夸张,要敢于联想!人说话,狗插嘴,风口里站着去!"

　　本来在我们李庄自行车故事里笑得直不起腰的卓玛,被他这几句话逗得更是乐不可支,再三表示以后有了机会一定要到我们李庄去看看。卓玛欢笑的样子宛如随风摇曳的芍药花,简直成了我们这两个孽障的克星,在临放假的那个星期里,我们这两个无耻之徒,几乎天天都要到文化馆去找卓玛,我们也没有别的奢望,就是想和她说说话,就是想看看她那好看的嘴唇。好笑的是,那时候我们居然还磨不开面子,每次都要避开卓别林,只要一看见他后脑勺上的马尾辫,赶紧骑上自行车出去转一圈再回来。

  我的堂兄铁饼,这位好口才的相公,不光给卓玛讲我们李庄的自行车,他还大讲春天里的李庄、夏天里的李庄、秋天里的李庄,说得最多的是冬天里的李庄,白雪皑皑,炊烟袅袅,鸡鸣狗吠之声不绝于耳……这不是神话,不是田园诗,那时候的李庄在冬天里真的就是这样的,只不过被我用古色古香的文字美化了。当然了,铁饼这位相公的原话是这样的:一到下雪,我们李庄一片洁白,白得就像林海雪原,我们李庄的狗都馋得很,都想吃鸡肉,一天到晚在雪地上撵鸡,公鸡吓得像男鬼叫,母鸡吓得像女鬼叫,三里地都听得见。要不信,你哪天到我们李庄去看看,我们哥俩,率领我们李庄的鸟孩子,给你表演自行车绝技,还要请你吃火烧糖疙瘩——真是个无耻到极点,我们李庄几辈子有过火烧糖疙瘩!

  但是,卓玛居然相信了我堂兄铁饼的鬼吹灯,在寒假的第二天就到了我们李庄,确切地说,是到了我们李庄西边的大路上。当然了,这是和我们哥俩说好的,主要是和我堂兄铁饼说好的,所以刚吃过早饭,我堂兄铁饼就召集了一帮鸟孩子在我们李庄西边的大路上展示自行车骑技。那时候,就不说我和铁饼在电影场里打起架来是把狠手,就凭我们哥俩是李庄有史以来为数不多的高中生,说话在一帮鸟孩子里还是很有号召力的。当时我们百十个鸟孩子,在大路上熙熙攘攘,好像是迎亲的车队,好像马上就要去攻打哪庄。我们正各自展示着骑技,卓玛就带着一股仙气,带着一股清香,来到了我们面前。她的面颊还是那样俏丽,她的嘴唇还是那么好看,她的上身还是鹅黄色鸭绒衣,烫的短头发没有变,围的还是那条深红色大围脖,下身还是黑色宽腿裤,骑的还是那辆白色"木兰"牌摩托车,只是多了一副墨镜。我们李庄,像膀脸越南、蒋委员长小彪之流,哪里见过这样的大围女,顿时静止在自行车上,好像严寒使他们一下子上冻了。只有我和铁饼还是活的,赶紧迎了上去。

卓玛不愧是卓别林的闺女,不愧为上海大"永久"自行车制造厂的工程师,她不仅亲自来到我们李庄,还给我们带了一大袋子高级水果糖,而且,她还摘下绿色线手套,挨个儿分发到我们手里。我和堂兄铁饼,以前居然没有注意到卓玛的小手竟是如此白嫩,她刚摘下线手套时,活像啪的一声推上电闸,我们百十个鸟孩子的眼珠子顿时光芒万丈,眼巴巴地盯着她的小白手,眼睁睁看着这只小白手往自己傻不拉叽的手掌里放了三颗高级水果糖!这袋子高级水果糖,活像迷魂药,又等同仙丹,我们李庄这帮鸟孩子,把三颗糖一含在嘴里,顿时改变了肉体凡胎,个个都成了神仙做出来的,一瞬间,一个个言谈举止超乎异常,好像都觉得自己的智商眨眼间上升了一百倍,没有一个人意识到自己的智商如沙漏般正在流失,而且一会儿就流完了。你可以想象,接下来我们在卓玛面前表演骑车绝技该有多么卖力吧。我们都见过黄飞虹的绝技,都是经过残酷的训练,胳膊腿都有着几十处伤疤,我们的表演当然获得了卓玛的放声欢笑。当然了,也有几个失手的,比如胖脸越南,玩镫里藏身时差一点儿把脖子砸断;比如我堂兄铁饼,这位相公,玩燕子衔水,叽里咣当,一下子摔得趴在地上滑出多远,鼻子就像橡皮擦一样,路面上划了一道沟,把鼻子都快磨没了。

  卓玛饶有兴致地欣赏了我们的自行车表演,她不仅发誓要研制一种适合我们农村孩子表演骑技的自行车,还兴致勃勃地给我们上了一堂自行车知识普及课。她的口才堪比她爹卓别林,她说我们中国是一个自行车大国,比如上海,除了"永久"还有"凤凰";比如天津,除了"飞鸽"还有"黑马"和"红旗";还有,常州的"金狮",青岛的"金鹿",鞍山的"梅花",沈阳的"白山",深圳的"阿诗玛",哈尔滨的"孔雀",等等等等。但是,随着时代的发展,各地自行车厂的发展与竞争也日益凸现出来,有的自行车厂逐渐倒闭,有的品牌已经消失。说完了中国的,卓玛还给我们讲了外国的,比如英国的"汉堡",法国的"标致",德国的"凯耐斯特",荷兰的"羚羊",等等等等。我们哪里能听懂这些,一个个原本是张口结舌的表情,看起来恰恰好像心向往之。不过,卓玛最后讲了一个故事我们都记住了,她说到了撒切尔夫人,说这位夫人还是个妹妹的时候,曾在格兰瑟姆教书,那时撒妹妹就特别喜欢自己的"汉堡"牌自行车,每天穿着长裙,骑着她的"汉堡",在绿荫遮蔽的校园里来来往往,像一只孔雀一样。

平时我们李庄的人眼里有过谁,但那一天卓玛真是叫我们这帮鸟孩子开了眼界,我们心里毫无保留地对她充满了崇敬,以至于她要走时我们都舍不得让她走。当然了,不让她走是不可能的,她也不会永远留在我们李庄的,我们李庄谁家能管得起她吃饭,谁家能管得起她睡觉?但我们这百十个鸟孩子坚决要送她到溳河集,等她上了柏油路,再依依挥手别过。这下,卓玛没有推辞。于是,卓玛骑着她的"木兰"摩托在前,我们这百十个鸟孩子骑着自行车紧随其后,一路上欢歌笑语向溳河集驶去。当时那阵势十分了得,简直浩浩荡荡,简直所向披靡,没人敢阻挡我们,就是我们溳河乡的杨乡长要敢阻挡我们,我们也会当场格毙他。即便到了现在,我一想起当年我们送卓玛的情形,就恨不得用慢镜头再播放一遍,我要慢慢地欣赏它享受它,直到它化成崭新的细胞,重新植入我这日益愚蠢的肉体。

我记得非常清楚,在路上我的堂兄铁饼居然傻乎乎地问卓玛,开了学我们还能见到她吗。卓玛说她明天就回老家沙土集,陪奶奶过完年就回上海上班了。我们哥俩,尤其堂兄铁饼,顿时怅然若失,好像前途无望,嘴里哪还能说出半句好听的,只是在脸上挂着苦兮兮的笑容,一直把卓玛送到溳河集了,我们也没有想出一句俏皮话。卓玛骑着摩托车拐上柏油路,回头对我们这帮鸟孩子招手,招手,招手,又灿烂一笑,接着嗡的一声,俏丽的面颊,好看的嘴唇,鹅黄色鸭绒衣,深红色大围脖,黑色宽腿裤,永远不会让人上当的美丽背影,还有那副墨镜,这一团美好事物逶迤而去,如同仙女升入云端。我们这帮鸟孩子齐齐刹住自行车,目光眺望远方,舌头舔着嘴唇,仿佛嘴唇上还残留着水果糖的甜味儿。我堂兄铁饼,这位鼻子渗着血的相公,有些泪眼婆娑,那样子恨不得化作一枚响箭飞速追去。

## 转了一圈又回到从前

依照我的意思,到了这里,篇幅基本上够了,我们李庄的自行车故事完全可以暂告一段落,但是,就这样结束不太符合我们李庄人的做事风格。我们李庄的人做事虽然最爱虎头蛇尾,但讲究的是首尾照应,最喜欢的是转了一圈又回到从前。

从前,我们李庄的人都把自行车叫作洋车子,就像把学武术叫作学捶,就像把十八岁以下的小孩叫作鸟孩子,就像把自由恋爱叫作拍屁股一样,这都是我们李庄的方言,也都是我们李庄的习俗。我以前坐在街边拉着弦子说唱我们李庄的故事时,也专门讲解过这些怪癖的方言习俗。在今天这个故事里,我之所以把自行车依然称为自行车,因为一说起"洋车子"这三个字,我就会想起水汪汪的历史,想起一出出泪淋淋的悲情剧。而我们李庄的自行车故事,却是一部充满欢乐与智慧的简史,字里行间,从头至尾,无处不响着只有自行车才有的清脆铃声。

说着这话儿,就像电影里一样,随着一阵子清脆的自行车铃声,一辆自行车驶入我们李庄村中央。当时正是春末季节,槐花虽然刚刚落尽,但村子里还弥漫着薄雾一般的清香。在这境界里,我们李庄的一群鸟孩子,平时最多也就是推个铁圈玩玩,这时候听得一阵子悦耳的自行车铃响,哪里还沉得住气,顿时一下子蜂拥过去。

来者何人?

泚河集的屠户柴大西门是也。

泚河集在我们李庄西边,也就十八九里地,我们李庄的人逢双就赶泚河集,杀猪卖肉的柴大西门我们也都认得。在这里我要给各位提个醒,万不要错以为屠户都是胖脸油面的,这柴大西门却是个细条个子,头发很密,但他留个两瓣子汉奸发型,不过他长相标准,白白净净,天庭饱满,地阁方圆,一副贵人相。不巧的只是杀生久了,尽管和人说话时他挂满两腮帮子笑意,但两眼挤挤眨眨间还是露着凶光,叫人不由自主地对他心生畏惧。那时候这个人才三十多岁,小名叫柴枪,学名叫啥我忘了,为啥叫他柴大西门,当年我们还小,除了知道屎是不能吃的,别的哪还知道有啥奥妙,只是看见大人们叫他这个外号时,个个都像妖精吃了糖果一样,满脸诡异的笑容。当然了,现在我知道是啥意思了,估计各位也知道是咋回事了,所以我就不多诠释了。

再说柴大西门胯下的这辆自行车。

论说一辆鸟自行车有啥好说的,而且我敢肯定,只要一提这三个字,人人脑海里都会扑腾一下现出各种自行车的模样。但是,柴大西门的这辆自行车与我们脑海中的自行车大不一样,且不说车身框架比一般自行车要粗上一倍,镀铬轮圈也比一般自行车粗很多,即便前后轮的辐条,也跟筷子差不多粗。前挡泥板后挡泥板也可以不细说,但它的吊簧鞍座必须得说,因为现在几乎看不到那种吊簧鞍座了。它的全链罩也值得一说,因为那时候一般自行车都是半链罩或四分之一链罩。尤其引人注目的是,在前叉立管上还安装了一个鹅蛋大的前灯,后叉锁旁装了一个鸽子蛋大的后灯,这两盏灯都是一般自行车所没有的。它的发电机关装在哪儿我忘了,我现在只记得它前管上的商标是一只金光闪闪的梅花鹿,那活泼样子,好似奔腾在祥云之上。无须多说,上了几岁年纪,并且喜欢自行车的人都知道,这就是当年青岛产的载重大"金鹿"。

当年,柴大西门就是骑着这辆锃明锃亮的大"金鹿",经常到古城集周边的村庄买生猪。我们李庄他也来过好多次了,每一回进了庄里边,他也不彻底下车子,而是把自行车夹在裤裆里,右腿支地,左腿好像断了似的,耷拉在自行车前梁上,就拉着这个狗撒尿的架势,左手夹下嘴上的半截烟卷,脖子伸得像要老鸟喂的雏鸟一样,长一声短一声地吆唤:"上满膘的壳郎,上满膘的豚子,赶出来卖呀啦——切切切,切切不要一身虚膘的杨贵妃哦哦——"

这里有个说道,柴大西门吆唤的都是我们那一带的土话,我们李庄的人一听就明白。"壳郎"和"豚子",说的都是猪,至于"一身虚膘的杨贵妃",虽然我也忝列为《李庄词典》的编撰人之一,但我也不能准确解释这句话的全部含义。我只知道这句话的大意是,老母猪年纪大了,丧失了生殖能力以后,主人就大把饲料催肥它,凭着毛光肉厚,估个论堆儿要个好价钱,专门卖给一些刚入行的屠子。但这种猪为啥称之为杨贵妃,这个我说不清楚,估计我们李庄也没人能说明白。

那时候我们李庄,谁家养头猪都金贵得不得了,恨不得当财神爷一样敬着,又不是马上到了年跟前,也不是赶着娶媳妇嫁闺女,春末里正是牛长骨头猪长肉的时节,谁家会舍得卖头猪当零钱花,来消遣日子。所以,柴大西门在庄里边白吆唤了几嗓子,连根猪毛也没买到,只好骑上自行车开路了。

就像每次他一进庄里我们这帮鸟孩子蜂拥而上一样,柴大西门骑上车一走,我们这帮鸟孩子马上簇拥相送,好像这个杀猪的屠户是我们庄的贵客一样。事实上,那时候我们李庄还没有自行车,我们就是想多看几眼他那辆金光闪烁、银光灿烂的自行车罢了。

现在说起来也有点怪哉,那时候也不光是我们这帮鸟孩子尾随柴大西门,我们李庄的二十好几个泼辣娘们也好景事,一个个中邪似的能跟出二里半地去。比较显眼的是绵羊他娘王糖精,还有元帅李广义他娘康弹簧,当时还没有包产到户,她们两家的自留地搭地边,种的都是春芝麻,俩人本来准备一起下地松土锄草,这时候一个个荷锄在肩,就是说扛着锄头,也一直跟到田间小路上。柴大西门也是个擅长风情的,每次一见二十几个年轻娘们儿跟着,他就不骑快,就那么慢慢悠悠,时而捏几声铃响,而且,迎着小春风他还尖着嗓子唱:"小桥流水柳枝儿长,王二哥下乡去放账。走上了一座小石桥他就举目观望,只见那桥北头有个小茶摊儿真利爽。王二哥心尖儿一抖擞他就眯着眼儿细细观看,只见那摊后边坐了个呀,哦哦呀,坐了个花不溜秋的美娇娘……"

每次都是刚唱到这儿,柴大西门这个杀猪的,就会冷不丁地回头一笑,也不知道这个杀猪的是不是神经错乱了,更不知道这个杀猪的笑给谁看,反正笑得比较蹊跷,如同鬼魂附体,如同魑魅泣啼。然后这个花心肠的屠户加足马力,一溜烟地跑远了。

那时候,我们这帮鸟孩子,大的不过七八岁,都是乳臭未干,下边除了屎裤裆,半根毛也没有,哪里领略得柴大西门的孬种意思,反而一个个智障儿似的跟着傻笑一阵子。跟上来的二十几个泼辣娘们活像魂儿被柴大西门勾走了,也一起跟着哧哧大笑一番。尤其是绵羊他娘王糖精,笑得前仰后合,直笑得赤红面子芍药花一样灿烂。她那个浪兮兮的神情,她那个炝锅似的笑声,气得元帅李广义他娘康弹簧嘴唇都白了,拉着脸,嘴撇得好像膀脸越南他奶奶的裤腰一般,她左脚一跳,右脚一跳,好似踩在弹簧上,她一边这样跳着,一边洋腔洋调地说,要是人家用自行车驮上王糖精跑上一阵子,就是跑到玉蜀黍地里和她压摞摞,她也没二话。

刚才说过了,我当年和一群鸟孩子大小差不多,下边除了屎裤裆也没扎半根毛,哪里听得出康弹簧话里啥意思,即便到了今天,尽管大脑也聪明了几分,但思考了半天还是搞不懂这句鬼话。只是当年,柴大西门在田间小路上骑着自行车唱着小曲扬长而去的情景,给我留下了深刻的印象,即便到了现在,我在讲我们李庄的自行车故事时,他这一饱满形象时不时就会自动跑出来。所以,在讲了一大段我们李庄的自行车故事之后,我忍不住拿出这个杀猪的说上一番。虽然这段收场戏与我们李庄自行车故事关联不大,但正所谓斜枝方便旁逸,弯木也可治材,在这里且不妨把它当作个垫背的,好歹也算关上了我的话匣子。